JE MARCHE VERS ELLE

MACHA MÉRIL

JE MARCHE VERS ELLE

ALBIN MICHEL

Je marche vers elle mais elle ne me voit pas. Pas encore. Sa vue s'est beaucoup affaiblie dernièrement. Macula. Une saloperie incurable. Pas d'espoir de guérison. Dès qu'elle me sent près d'elle, elle s'exclame : « Tu es là ! » avec sa voix de jeune fille qui découvre la vie.

– Tu as une robe bleue.

– Non, elle est rouge.

– Le rouge, c'est embêtant, je ne le vois pas. L'autre jour à la télévision, tu portais une blouse rose, n'est-ce pas ?

– Alors tu vois un peu quand même.

– Ça dépend des soirs, ça dépend des lumières autour. La nuit, je vois mieux. Je ne suis pas aveugle ! Alors, raconte, comment sont tes citronniers ? Et les liquidambars ? Ont-ils enfin démarré ? Les racines mettent du temps à trouver leur chemin, surtout dans un sol rocailleux comme chez toi.

– L'un des deux se développe mieux que l'autre.

– C'est en automne qu'ils sont les plus beaux, avec leur feuillage rouge.

Son visage se rétrécit. Elle sait qu'elle ne verra pas l'automne dans ma maison du Gers. Comme elle n'a pas vu l'été. Ses soins quotidiens à Paris la rendaient intransportable. Nous avions étudié toutes les possibilités : avec ambulance, dans une voiture spacieuse, accompagnée de sa garde-malade algérienne dévouée et douce. Tout était hasardeux.

Je suis donc revenue de la campagne en plein mois d'août pour passer une semaine avec elle. Je ne l'avais jamais fait. C'est la première fois. Nous habitons à quelques arrondissements l'une de l'autre, mais ma vie ne me permet pas toujours de les franchir pour aller lui rendre visite. Les personnes âgées parcourent le temps d'une façon différente, il faut s'y conformer. On ne peut pas se voir en coup de vent. Même si on s'est tout dit. Les minutes longues, les silences et les conversations répétées scandent le temps étiré. On s'y plonge comme dans l'*Iliade*, avec une patiente régulation du temps, entre celle qu'on apporte avec l'activité du dehors et celle d'une prose suspendue, obligatoire. Laquelle est la plus juste, on ne sait pas. Les rythmes de la bataille permanente ou le souffle ralenti du corps qui s'en va ?

Sa voix au téléphone :

– Alors je ne te verrai que début septembre ?

Un appel. Elle sentait. Son inconscient sentait. Il y a ce qu'on dit et ce qu'on ne dit pas. Qu'on ne formule pas. Ou autrement. J'ai pris ma voiture et je suis remontée à Paris.

Les médecins ne mentent pas, mais ils ne disent pas tout, eux non plus. Ils prescrivent la morphine pour atténuer les douleurs et ne promettent rien.

Elle a déchiffré leur silence : les mois, les semaines sont comptés. Les jours peut-être. Elle est une femme lucide, mais gracieuse. Elle a souri face à l'adversité toute sa vie. Par orgueil, par élégance. On ne va tout de même pas montrer sa faiblesse, son désarroi. Nos deux tantes en Sibérie se levaient le matin, cassaient la glace dans les lavabos des baraquements non chauffés par moins dix degrés pour se laver à l'eau froide, s'habillaient et affrontaient la journée avec un programme déterminé. Autour d'elles d'autres déportées se laissaient aller à leur désespoir, traînaient en savates toute la journée en maugréant. Nos tantes avaient enterré leurs parents et leurs enfants morts de froid et de faim dans la forêt, elles étaient sœurs jumelles et s'accrochaient à l'amour, à la foi et à l'adoration de la nature pour survivre. Ces exemples familiaux nous ont été révélés tardivement, à la mort de Staline, quand elles ont récupéré leurs passeports sur lesquels était tamponné : « Déportée par erreur ».

L'exil de nos parents en France avait été moins cruel, mais guère tendre non plus. Il fallait tout reconstruire, certains qu'ils ne retourneraient plus jamais en Russie, contrairement aux expatriés d'aujourd'hui, qui espèrent la fin du régime de Poutine et pensent pouvoir rejoindre leurs proches et leur pays. Mes parents ont été naturalisés français avant la naissance de leurs trois filles, nous sommes donc nées françaises, Hélène et Élisabeth à Antibes, et moi à Rabat, au Maroc où mon père avait trouvé un travail. Tous ceux qui ont connu mes parents ont gardé le souvenir d'un couple lumineux, bravant les difficultés avec classe et humour. Jamais mendiants. Jamais plaintifs. Le prix de la vie est élevé pour ceux qui ont vécu des bouleversements tels qu'une révolution, la guerre, la dépossession, la séparation d'avec les siens, le renversement de tous les projets, de toutes les perspectives. Un oncle lointain, ancien chevalier-garde de l'Empereur, est devenu bruiteur à Hollywood pour les dessins animés de Walt Disney parce qu'il adorait les chiens et savait imiter les aboiements de chaque race, des mâles et des femelles, des chiots et des chefs de meute. Un don musical. La plupart des aristocrates russes étaient polyglottes, aussi sont-ils devenus interprètes simultanés, conseillers de diplomates, agents touristiques. Acteurs, parfois, mais une réticence à s'exhiber leur interdisait les métiers d'apparence. Trop distingués pour devenir saltimbanques.

Mes sœurs et moi avons pourtant atterri toutes les trois dans le monde du cinéma. Hélène était monteuse de films, à l'ancienne, sur pellicule. Elle a monté les premières grandes séries françaises de la télévision – *La Dame de Monsoreau*, *Blanc, bleu, rouge*, *Vidocq*, *Aux frontières du possible*, *Belle et Sébastien* et bien d'autres, après avoir travaillé dans un laboratoire de développement où elle traitait les négatifs, penchée au-dessus de bains chimiques certainement toxiques, pratiquement sans protection, une simple charlotte pour que les cheveux ne tombent pas sur les précieux négatifs. Ouvrière parmi les ouvriers, russes d'origine comme souvent nombre de techniciens du cinéma français. Elle a gravi les échelons de la profession pas à pas, avec une dignité inébranlable.

Ma sœur Élisabeth, remarquée par le grand producteur Darryl Zanuck parmi le personnel anglophone engagé pour le tournage de la superproduction *Le Jour le plus long*, a travaillé auprès de lui d'abord, puis toute sa vie pour Les Films du Siècle, la branche française de la 20th Century Fox, dans la promotion et la publicité européenne des films distribués.

Moi j'ai vite choisi d'être comédienne d'abord, à l'école du TNP (Théâtre National Populaire de Jean Vilar) puis au cinéma. La France allait se distinguer avec la Nouvelle Vague, les jeunes actrices françaises jouissaient d'un prestige particulier.

Mais chacune de nous, dans son secteur cinématographique, a reproduit l'attitude de nos parents : *never explain, never complain*. On est comme les autres, on ne se distingue pas, on partage la condition des travailleurs qui nous entourent, avec bonhomie et reconnaissance à ce pays qui nous a ouvert ses portes. Mon exposition en tant qu'actrice a contredit par moments ce vœu de discrétion, même si j'ai changé de nom pour exercer ce métier, mais nous n'étions pas encore au temps des réseaux sociaux, les dommages ont été minimes. Puis je me suis exprimée à travers mes livres, sans jamais, je crois, enfreindre cette règle de conduite familiale. Les malheurs ne s'affichent pas, on porte beau en toute circonstance.

Hélène se met à gémir. La douleur doit être puissante pour qu'elle n'y résiste pas. Le recours à la morphine est régulé, elle ne peut pas outrepasser les doses prescrites. Mais qu'importent les dangers, il faut enrayer la souffrance, avant tout. Puis ça se calme, elle reprend la conversation. Elle apprécie le plat que je lui ai préparé, des pâtes aux aubergines et ma sauce magique de tomates du jardin, basilic et parmesan fraîchement râpé. Sa gourmandise est restée, une chance. C'est devenu son plaisir principal, avec la musique classique qu'elle écoute à longueur de journée. Son audition (appareillée) lui permet de s'enfouir dans le miracle de la musique. Son talent de monteuse devait beaucoup à sa connaissance de la musique. Le cinéma et la musique sont les deux arts les plus proches, me disait Michel Legrand : ce sont des durées, des émotions, des chocs rythmiques, des bouffées de sons qui nous emportent à une hauteur inexplicable. La spiritualité peut-être ? Quintessence de la pensée humaine, la musique repose sur une technicité extrême, un langage mathématique qu'il faut maîtriser sur le bout des doigts. Les images du cinéma sont du même ordre, techniques et abstraites en même temps, fugaces comme le tempo d'une chanson ou d'un concerto. Michel prétendait que seuls les musiciens pouvaient entendre la musique et Robert

Bresson disait que seuls les cinéastes pouvaient comprendre le cinéma. Ils avaient tort, heureusement, les néophytes entendent et saisissent la musique et le cinéma, sinon comment vivraient les musiciens et les cinéastes ? Mais on peut concevoir cet ostracisme professionnel, peu de gens imaginent la complexité de la fabrication d'un film, d'un opéra ou d'une comédie musicale. On les consomme avec insouciance, ignorant la somme de talents convoqués. Se demande-t-on quand on admire un bijou ou une poterie chinoise comment ils sont confectionnés, à quelle difficulté, à quelle minutieuse précision artisanale ils sont dus ?

Hélène mange peu mais elle savoure chaque bouchée, je veille à ce que les morceaux ne soient pas trop gros pour sa fourchette maladroite. Elle tient à se nourrir elle-même, malgré l'imprécision de sa vue. Je remarque qu'en tournant la tête, elle devine ce qui est dans son assiette du coin de l'œil. Difficile de juger de ce qu'elle voit et de ce qu'elle ne voit pas. Il ne faut pas insister sur son handicap. Elle préfère qu'on parle d'autre chose.

– Tiens, ton ami Bayrou, dis donc, il ne se débrouille pas mal, bravo à lui. Et cet olibrius de Trump, il va lui arriver une bricole, tu vas voir, il aligne les folies, ça ne durera pas !

Elle écoute plutôt qu'elle ne regarde la télévision, elle suit l'actualité avec son bon sens légendaire, ni à droite ni à gauche, humaine simplement. Je suis impressionnée par sa perspicacité, son équilibre. Sa situation personnelle occupe la plus grande partie des conversations bien sûr, mais elle ne veut pas être réduite à une condition de malade, elle répète que ce qui la frappe est un accident, elle va guérir, et elle ira chez moi à la campagne bientôt. Deux artères bouchées dans une jambe démesurément gonflée… Elle est à la merci d'une thrombose ou d'un arrêt cardiaque. Son pauvre cœur est déjà assisté d'un pacemaker ; vive la médecine d'aujourd'hui, en d'autres temps elle serait partie depuis longtemps.

Mais cette fois-ci je ressens autre chose. Elle veut me parler. Sans me parler. Sans sauter à pieds joints dans les sujets qu'on n'aborde jamais. L'approche de la mort est poète. Les métaphores règnent. Le pardon chrétien correspond à une réalité : on veut solder les incertitudes, d'un côté comme de l'autre. Moi aussi je veux lui parler. Non pas lui demander son avis sur ce que j'entreprends, mais user du poids et de la distance de son âge et de son état. Parmi les phrases inoubliables qu'elle m'a dites :

– Tu sais, la vieillesse, c'est pas mal, on voit les choses vues d'avion.

Sublime formule que je n'oublierai jamais. Peut-être commençait-elle à s'envoler elle-même au-dessus du monde grouillant des vivants ?

Peut-être voulait-elle m'inciter à vivre les années qui sont encore devant moi avec légèreté et efficacité ? Peut-être me priait-elle de la remplacer aux yeux du monde et de la famille, comme un passage de témoin qui prolonge la vie à l'infini ? Les vieux sages en haut de l'Annapurna profèrent des formules semblables que nous devons déchiffrer. La vie n'est pas un long fleuve tranquille, mais la mort aplanit ses rebonds et ses chaos. Mystère entre les mystères et pourtant réponse. On part pour rassurer ceux qui restent. Elle est partie pour que je continue à vivre avec elle, avec ses enseignements, son amour qui est le précepte suprême, le sommet de la montagne, le but et la solution absolus.

Ça oui, elle m'a aimée. À la mort de notre mère, dont elle ne s'est jamais vraiment remise, elle a assumé son rôle de marraine et de grande sœur auprès de moi. Elle avait onze ans de plus, une génération quasiment. Étrangement, avec l'âge ces écarts s'amenuisent. Nous étions proches et elle me comprenait mieux que des personnes de ma génération. Ou plus jeunes. Mes amis sont tous plus jeunes que moi. Beaucoup plus jeunes. Un espoir d'éternité faustienne ? Un goût pour ce qui n'existe pas encore, qui va naître, qui est un peu la clé de la création. Ce qui est déjà est pâle et immobile, ce qui va se faire est palpitant et vivace. Michel, mon cher Michel si sage et si enfantin à la fois, ne s'intéressait pas à ses œuvres passées, il les négligeait presque. Seul l'avenir le tenait en vie, le mobilisait. Cette promesse est incarnée par les jeunes autour de nous. Les plus doués d'entre eux nous émeuvent et nous émerveillent.

La place d'Hélène était cruciale pour moi. Elle incarnait nos racines sans contester mes manières d'y échapper pour m'inscrire dans le monde nouveau où je me débats. Elle avait traversé ça en son temps, elle me prévenait des défauts des Français qui « aiment l'argent et conditionnent leur destin à l'argent », tout en glorifiant le choix de nos parents d'avoir choisi la France, plutôt que l'Allemagne ou les États-Unis comme certains de nos cousins ou connaissances. Elle ne voulait pas enrayer mes espoirs d'être heureuse dans ce pays matérialiste et peu sentimental, mais je voyais son exemple chagrinant de femme célibataire aux amours contrariées. Sa nature intime la destinait à être une épouse et une mère de famille exemplaire. Sa profonde compréhension des êtres, sa tolérance et sa majesté n'ont pas suffi à convaincre les hommes qu'elle a aimés. Ils ne l'ont pas choisie. Ils l'ont contrainte à une position de back street ou de fiancée éternelle, finalement rejetée.

Trop d'allure ? Trop d'héritage différent, pittoresque, glorieux mais parti en fumée soviétique ? Trop d'espérance, trop d'exigence pour mériter le modèle de nos parents beaux, nobles, courageux, frappés durement par le destin et pourtant invincibles ? Femmes sans homme. C'est fréquent maintenant, mais à l'époque mes sœurs étaient des pionnières. Héroïnes involontaires mais solides, droites. Héroïques sans clamer leur triomphe sur la solitude, les préjugés et les obstacles : une femme seule est suspecte dans une société balisée autour de la famille, des enfants et des biens accumulés pour eux. La cruauté de la révolution d'Octobre a distillé dans nos veines la possible démolition de tout : ni Dieu ni patrie n'existent plus, l'impensable arrive, les maisons, les propriétés ancestrales, les droits, les traditions peuvent s'envoler d'un jour à l'autre et s'évanouir dans le fond des steppes de l'histoire. La Grande Histoire. Celle qui balaye les lieux, les êtres, les croyances. Poutine a beau vouloir réhabiliter l'orthodoxie, le mal est fait, la christianisation a été broyée par soixante-dix ans de communisme et de misère.

– Veux-tu te reposer dans ta chambre ? Je m'occupe de ranger la vaisselle. Demain, je reviens avec un menu que tu aimeras : j'ai rapporté du confit du Gers, avec ma confiture de prunes sauvages.

– Pas trop, je t'en prie. Je ne mange pas beaucoup.

– J'invite Élisabeth à se joindre à nous.

Elle ne me répond pas. Bien sûr, elle est contente de voir sa sœur cadette (elles ont deux ans de différence), mais leur relation a toujours été conflictuelle, même si elles ont passé leur vie ensemble. Deux caractères aux antipodes. Elles se sont bouffé le nez toute leur vie. Mais l'heure n'est pas aux différends. Elle m'a souvent critiquée, moi aussi. Aujourd'hui, je suis sa petite sœur aimée qui apporte du bon vin et des histoires du monde amusantes. Tous les griefs du passé sont effacés. Seule la ressemblance de nos destins ressort. Et je vois qu'inexorablement je répète ce qu'elle a vécu, je subis le même isolement, la même étrange coupure avec la société française. Cela pourrait ressembler à une fatalité, les racines remontent avec le temps, et nos manières de gérer ce phénomène finissent par être assez semblables.

C'est pourquoi il faut s'intéresser à l'histoire : elle revient en boucles, en volutes, en spirales. Tout change, mais les causes profondes se reproduisent, nous guident et nous modèlent. Petites Russes francisées, patriotes de leur pays d'accueil, militante en ce qui me concerne, mais russes aux yeux de tous. De plus en plus avec le temps. Racines. Nous sommes nées en France, nous avons fait nos études en France, je parle très mal le russe, nos parents nous parlaient en français et nc souhaitaient pas cultiver une nostalgie qui nous aurait pesé. Se fondre dans la masse. Mon père disait de ses trois filles : l'une sera infirmière, l'autre institutrice et la troisième couturière. Nous n'avons pas exactement exaucé ses vœux mais nous sommes bien insérées dans la vie française. Pourtant, comme la bonne huile d'olive remonte à la surface de la sauce tomate à la fin de la cuisson, ma « russitude » est présente, impénétrable et incontournable. Les enfants d'émigrés connaissent ça. On lutte pour être acceptés dans une autre culture, on est plus royalistes que le roi, plus françaises que les Français de souche et voilà que les origines viennent frapper à la porte de notre maturité : tu es la fille de, le fils de, le rejeton d'une saga, d'un déchirement.

Autant accueillir cette fatalité, s'en enorgueillir sans s'en vanter. Sans revendiquer la supériorité d'une tradition sur une autre, bref sans partialité communautaire. Je n'ai pas fréquenté les Russes exilés en France après la Révolution ou échappés du communisme par la suite, ou fracassés par une Seconde Guerre mondiale meurtrière. Nos parents fuyaient le misérabilisme qui accompagnait ces parcours de gens déchus et ruinés, et personnellement j'ai suivi les directives de gauche de mes professeurs et mentors. On se définit par le travail et par la fiche de paye. Tous égaux face à la bataille de la place au soleil, pas de fantasmes ni de promesses fallacieuses des religions. Néanmoins je ressens une étreinte particulière quand j'entre dans une église orthodoxe, en particulier celle de la rue Daru, la cathédrale Saint-Alexandre-Nevski où je sais qu'Hélène souhaite que ses obsèques soient célébrées, comme celles de notre mère, comme mon mariage et les funérailles de mon mari Michel Legrand, de sang à moitié arménien. Plus que de l'atavisme, il s'agit d'une honnêteté, d'une fidélité à nos origines, d'un défi au temps qui passe et qui tente d'effacer la réalité des souffrances de nos parents. Le bien et le mal oscillent avec la progression des sociétés, la balance ne penche pas toujours du même côté. Les victimes deviennent des criminels puis redeviennent des victimes. Affaire de temps. Affaire d'erreurs et d'atermoiements de la politique et de la morale qui n'est pas immuable. La trace généalogique apparaît plus stable, indiscutable. Nous sommes les filles de tous ces malheurs, mais aussi de personnes précises qui sont mortes pour nous. Collées à nos consciences et à nos espérances.

– Tu veux un peu de fromage, Hélène ? C'est le fameux brebis clandestin de Didier, tu te souviens, mon fromager de Montréal du Gers, qui vend sous le manteau ces savoureuses tomes non conformes aux réglementations européennes.

– Un tout petit morceau, oui.

C'est autant pour me faire plaisir que pour satisfaire sa gourmandise ou le souvenir de sa gourmandise. Une façon d'être avec moi, d'être au monde, de minimiser son état. Elle sait que c'est la fin, qu'elle ne pourra pas résister longtemps aux remèdes de cheval que lui administrent, charitables, les médecins. Nous faisons semblant toutes les deux, nous élaborons des projets, des prolongements à la vie sédentaire qu'elle mène depuis plusieurs mois, chez elle par bonheur, vive les économies d'hôpital par la Sécu !

– S'il y a des infirmières pour me faire les pansements le matin, le médecin m'a autorisée à aller à La Mothe. À une heure de Paris, ça va.

Le Gers c'est trop loin, il s'inquiète que je ne puisse pas revenir à l'hôpital rapidement.

L'hôpital. Elle y a passé beaucoup de temps. Elle est familière de cet univers étouffant pour moi, rassurant pour elle. Elle a toujours aimé le monde médical, son grand amour déçu était un célèbre médecin, nombre de ses amis sont dans la médecine. Ayant bénéficié de soins fréquents elle-même (elle a battu les records familiaux toutes maladies confondues), elle se sent à l'aise parmi ces gens voués à la santé des autres. Elle les admire, elle ne cesse de vanter la grandeur et l'efficacité des urgences et du personnel soignant en France, sans compter leur gratuité. Elle en sait quelque chose. Combien de fois a-t-elle été secourue, emportée en ambulance vers ces lieux damnés où elle nage comme un poisson dans l'eau ? Reconnaissante et curieuse, elle a observé la façon de faire de chacun, des internes aux radiologues, des chirurgiens aux urgentistes. Sa confiance a certainement contribué à sa longévité. Elle ne s'oppose pas aux diagnostics, elle y adhère avec un consentement déjà thérapeutique.

Mais parfois elle a la sagesse de ne pas approfondir, de ne pas s'informer au-delà de ce que les médecins lui disent, échappant ainsi au vertige de la catastrophe. J'admire ce pouvoir d'innocence qu'elle a développé et qui la protège. Nous avons tous le travers moderne de nous méfier des ordonnances, de les vérifier, de les revérifier, de rechercher d'autres avis, de plonger dans Internet pour en savoir plus. Elle agissait diversement : elle épousait les instructions de qui lui semblait plus savant qu'elle, convaincue que la vocation des soignants est de guérir et de soulager les douleurs. Il faut leur faire confiance. Elle les plaignait presque quand les soins n'agissaient pas ou pas assez. Elle se mettait à leur place, ne les jugeait pas ni ne s'attendait au miracle. Elle les observait, humains parmi les humains, peut-être plus humains que la plupart des humains. Bref elle les aimait, se livrait à eux avec tolérance et compassion. Quel drame de voir souffrir des gens toute la journée ! Ils ont choisi ce chemin altruiste et désespéré, il faut leur en savoir gré. Elle conversait chaque matin avec les infirmiers qui venaient s'assurer qu'elle ait bien pris ses médicaments, elle leur offrait un petit déjeuner que Hania, sa voisine et fidèle aide ménagère préparait d'avance, elle posait des questions, savait tout de leur vie personnelle, leurs enfants, leurs mariages et leurs divorces.

Les gens lui parlaient. Elle avait le don de faire parler les plus mutiques. Parce qu'elle s'intéressait vraiment à l'humanité de chacun. Un don pas si fréquent. Elle posait les bonnes questions, récoltait les récits et parfois les confidences. On a tous besoin de parler, de démêler à voix haute nos propres tourments, d'oser se comparer à des destinées éloignées et finalement proches. Le lien. Tous ont ce mot à la bouche. Peu le pratiquent véritablement, dans l'intimité d'un tête-à-tête avec une femme âgée qui ne paraît pas dangereuse, qui se réjouit d'écouter les confessions et qui ne commente pas, avec curiosité et bienveillance. Hélène m'a consolée de bien de mes déboires, trouvant les arguments sincères pour m'encourager à ne pas sombrer dans l'inquiétude, en analysant avec intelligence les causes du problème et les responsabilités. Apprendre à discerner ce qu'on peut changer et ce qui nous dépasse, ce qu'on subit parce qu'il y a des situations qu'on ne peut pas modifier, plus grandes que nous.

L'injustice est souvent fille de l'ignorance, le monde est tapissé d'ignorance et d'incompréhension. J'ai le défaut très français de vouloir tout comprendre et tout expliquer. Hélène était plus sage que moi. Elle savait qu'on ne peut pas tout expliquer, même les sentiments que nous provoquons ou que nous ressentons. Elle aimait la musique pour cette raison. Ça ne s'explique pas. On est emporté malgré nous, et seul cet envahissement nous est utile, sans explication, sans psychologie. Je lui ai envié cette capacité à ne pas décortiquer ses sensations, à n'en vouloir à rien ni à personne de ce qui l'avait blessée. Une forme d'inconscience infantile qui est une richesse. « Heureux les simples d'esprit », disent les Écritures. Heureux ceux qui ne cherchent pas de coupable à leurs propres faiblesses. Qui acceptent leur sort non par soumission mais par bonté, par tranquillité.

Elle a souffert. Sa vie n'a pas été tapissée de roses. Mais quelle vie est tapissée de roses ? Avec les roses les épines, et pire, les illusions. Ou l'attente. On attend. On attend tout le temps. Une bonne nouvelle. Une marque d'amour. Une chance professionnelle. Un gain. Une promotion. Une récompense. Une reconnaissance. Hélène a beaucoup travaillé, elle tissait des liens étroits avec ses collaborateurs, en particulier avec les metteurs en scène des films et des séries qu'elle montait. Le moment du montage est critique et tragique pour un réalisateur : c'est la dernière étape avant la livraison du film, un moment de non-retour, le final cut, le dernier coup de ciseaux redouté et décisif. On ne pourra pas revenir sur ces ultimes décisions, sur ces assemblages de plans qui seront la symphonie du film, harmonieuse ou pas, intéressante ou pas, émouvante ou pas. Peu de gens savent l'importance du montage d'un film. Ces personnes de l'ombre, les monteurs, les monteuses, agissent d'une manière définitive, en subissant les angoisses de tous, du metteur en scène, du producteur, du compositeur de la musique, du scénariste, des comédiens. Toute la chaîne créative qui a participé à la fabrication du film et qui en attend le meilleur, un an de travail au bas mot, si pas plusieurs années avant que le film soit produit, tourné, réduit et compressé en quatre-vingt-dix minutes immuables et partiales. On pourrait avoir choisi d'autres plans, d'autres musiques, d'autres rythmes. De quoi perdre la tête pour les artisans de chaque œuvre cinématographique. L'alcool, le café et les confiseries sont abondamment engloutis pendant ces semaines de feu. On ne sort pas indemne d'une pareille épreuve. Certains cinéastes y laissent leur santé. Ils errent dans les couloirs des studios avec des mines de papier mâché, alors que le plus cruel commence : la promotion du film, défendre ses choix et ses intentions, tout en enregistrant les réactions extérieures, celles des critiques comme celles du public. Hors du cocon de la salle de montage, les grands vents de la compétition soufflent sur la tête de ces pauvres artistes déjà physiquement affaiblis par l'enfermement et l'incertitude. Ma sœur Hélène accompagnait ces heures-là des réalisateurs avec finesse et féminité. Elle ne les flattait pas, elle leur donnait de la force et des arguments de défense. Elle taisait ses propres doutes et s'offrait en rempart contre la cruauté de la machine commerciale qui ne tarde pas à classer les œuvres au box-office. Des chefs-d'œuvre ont été rejetés à leurs débuts, *La Règle du jeu* de Renoir a été un flop à sa sortie, *La Guerre des boutons* a mis six mois à démarrer, tandis que certains navets plaisent à tous d'emblée. Il faut avoir les nerfs solides. Elle avait un calme impérial qui soutenait les affres de son entourage. Ce n'était pas de l'aveuglement ou du copinage, c'était une attitude face aux tempêtes de la vie, une élégance naturelle que chacun reconnaissait sans forcément l'en remercier. Une force anonyme qui cimentait les relations entre tous, à tous les niveaux.

Si je devais définir le comportement aristocratique, je dirais que c'est de ne faire aucune évaluation morale ou sociale entre les personnes. Hélène était aussi amicale avec les commis qui transportaient les bobines qu'envers le directeur de production ou le distributeur. Elle s'adressait aux uns et aux autres avec la même simplicité, chaleureuse et concernée. Son rire était célèbre dans les couloirs des studios, un ingénieur du son l'avait enregistré pour enrichir sa bibliothèque de sons. Un rire sonore et puissant qui cachait peut-être une certaine timidité, mais qui était devenu son image de marque. Le rire d'Hélène Gagarine. Les productions s'en souviennent encore. À l'époque des studios, des moviolas, ces immenses tables de montage, des kilomètres de pellicules accrochées en tronçons à des tringles spéciales, hérissées de clous ! Rien de tout cela n'existe plus, les films tournés en numérique se montent sur des ordinateurs, n'importe où, dans n'importe quel bureau. L'ambiance des studios de cinéma hante encore les cinéastes qui les ont connus. On travaillait dans une salle avec plusieurs assistant(e)s, dans la salle à côté travaillaient Alain Resnais ou Philippe de Broca, on se retrouvait au bar, à la cantine, tous se connaissaient, échangeaient, dévoilaient leurs projets, qui alimenteraient le futur de tout ce personnel qualifié, embauché film par film, une pige après l'autre, sans aucune sécurité de travail.

Entre les films ou les grandes séries de télévision qui occupaient Hélène pendant des mois, elle se prêtait à FR3 pour les journaux télévisés ou les reportages d'actualité. Elle a ainsi sillonné la France, visitant à l'occasion les vignobles ici, les cathédrales là ou les marchés de Noël en Alsace. Rude cabotage dont elle ne se plaignait pas, elle trouvait mille façons de rentabiliser ce nomadisme, elle entraînait notre mère dans ces voyages, et s'extasiait de la beauté de la France. Dans sa jeunesse, alors qu'elle travaillait à Genève à la TSR (Télévision suisse romande), elle avait visité la Suisse avec enthousiasme. Elle exploitait sa liberté de célibataire en voyageant et en faisant des connaissances. On l'appréciait et on l'invitait partout. En Belgique plus tard, où elle enseignait à l'IAD (Institut des arts de diffusion), elle a collecté de nombreuses amitiés durables. Beaucoup de ces relations que nous ne connaissions pas sont venues aux obsèques, unanimes sur la profonde affection qu'elles lui portaient.

Si je devais attribuer un titre à ma sœur je lui donnerais la palme de l'amitié. Ce fut sa réussite principale. Outre ses talents de chef-monteuse et sa passion botanique qu'elle exerçait dans sa minuscule chaumière de Normandie, l'étendue de sa fidélité en amitié m'a toujours éblouie. La variété de ses fréquentations aussi. Des anciens du club Med comme des élèves de Belgique, la noble famille des Pourtalès en Suisse comme sa voisine agricultrice, Michel Bouquet, dont elle avait monté un film, comme sa voisine kabyle voilée. Une panoplie de gens de cœur ou qui exprimaient le meilleur d'eux-mêmes auprès d'elle. J'ai connu une belle âme qui lui ressemblait : Suzanne Flon. Suzanne était incapable de mauvaise intention ni de dire du mal de quiconque. Le pire qu'elle pouvait émettre sur quelqu'un était : « Oh ! tu as vu ce qu'il a dit ? Tu as vu ce qu'elle a fait ? » Avec une expression de désolation mutine, comme une enfant qui surprendrait ses parents dans un lit. La candeur d'Hélène était la même. S'attendre au meilleur. Fortuitement récolter le meilleur.

Et puis il y avait ses indignations. Les pensées tortueuses ou négatives la choquaient. La brutalité des peuples et des guerres la bouleversait. Outrée par l'absurdité des rivalités et des conflits. Par l'injustice, qu'elle définissait mal car elle n'avait aucune culture politique, mais dont elle avait une vive appréhension. Seul le ressenti la guidait. Un fort instinct qui l'éclairait et lui tenait lieu de raisonnement.

Et les visages. L'étude des visages. Elle y voyait clair. Quand elle voyait. Mais même quand sa vue diminua, elle devinait dans un sourire flou ou un son de voix ce qui se tramait dans le cœur de la personne en face d'elle. Par éducation elle ne soulignait pas les faussetés, détectées mais tues, jamais par indifférence ou paresse. Sa lumière scrutatrice était toujours allumée. C'est pourquoi elle n'aimait pas beaucoup les grands rassemblements, elle préférait les réunions intimes où elle pouvait parler avec chacun, interroger chacun. Étant la doyenne de la famille, on lui accordait une priorité, on lui répondait avec déférence. Ce statut ne la charmait pas. Elle aurait voulu qu'on la considère comme ce qu'elle avait été toute sa vie : une femme enjouée et perspicace qui émet des opinions en or sur le monde qui l'entoure. Sur les personnes surtout. Et sur les plantes, les fleurs, les légumes qu'elle réussissait péniblement à faire pousser dans le jardin de Trompe-Souris, sa petite maison de Normandie.

– Je t'ai pelé une tomate.

– Tes tomates de Garbay ? Quelle merveille. C'est une Marmande, une cœur-de-bœuf ou une F1 ?

Les noms de ces tomates du Sud-Ouest l'enchantent. Des tomates inoubliables, je dois dire. Pas un pépin, de la chair de bout en bout, sucrée et ferme. À manger sans rien, une volée de sel et un filet d'huile d'olive tout au plus, pas n'importe quelle huile je vous prie. J'ai apporté une fiole de ma précieuse huile de Lucca, qui fait chanter les aliments et le pain avec lequel on sauce le fond de l'assiette. Elle apprécie. Le rite qui se répète entre nous autour de ces tomates rompt le non-dit qui plane au-dessus de nos mots. Elle se rattache aux sensations connues et certaines, qu'elle enregistre en mineur, imparfaitement. Elle dit que ce sont les médicaments qui altèrent ses sens, mais ce n'est pas que cela. Elle se retire, comme la mer à marée basse. Elle s'éloigne. Elle nous quitte. Elle a l'air de savoir où elle va, mais elle n'en dit rien. C'est son secret, sa vie intérieure et son approche d'une autre vie, indescriptible, dans laquelle elle est curieuse d'entrer.

J'avais partagé ces moments avec Michel Legrand. Cet éclairage nouveau est-il commandé par la qualité morale des personnes ou bien est-ce le lot de tous ? Michel souhaitait m'embarquer avec lui dans cet éther, à chaque instant il recherchait mon regard et quand les mots ne venaient plus, nous communiquions par le toucher, je tenais sa main pendant des heures, il serrait la mienne avec une insistance légère et explicite. Il était le plus fort, ce qu'il traversait était grand et étonnant, sa main me disait cela. La mort n'existe pas, elle n'a rien de tragique, elle ennoblit les liens et se nourrit d'amour. C'est l'absence qui est intolérable, plus tard. C'est l'interruption des choses vécues, des émotions partagées, et l'accumulation des objets figés qu'on garde sous cloche comme privés d'oxygène, qui procurent une douleur atroce. Les vivants qui restent s'épuisent, impuissants, à briquer les souvenirs dans la crainte qu'ils pâlissent. Notre relation à la mort est unilatérale et fâcheuse. Ce sont les morts qui gagnent, infailliblement.

Elle est pourtant bien vivante. Elle gronde les infirmières qui font mal les pansements, elle demande aux médecins quand elle va guérir, tout ça n'est qu'un accident, diable, elle en a vu d'autres. On se tait. On ne lui raconte pas de bobards, on encourage son désir de se remettre, mais personne n'est dupe. Un langage nouveau s'installe, apparemment quotidien ou habituel, mais les silences ne sont plus les mêmes. Ils s'étirent, s'épaississent, remplissent l'espace et l'air de la pièce. Ce salon biscornu encombré de meubles mal assortis où elle tient à nous recevoir, habillée et coiffée, devient irrespirable malgré la fenêtre ouverte, elle a toujours aimé les courants d'air. Le canapé envahi de coussins pour soulager ses jambes qu'elle met en hauteur par moments est le « radeau » de Colette, ainsi l'écrivaine nommait-elle son lit qu'elle ne quittait plus dans les derniers temps de son arthrose déformante. On y mange, on y lit, on y téléphone, on y somnole, on y lance des flèches affûtées aux visiteurs trop serviles. On y règne sur le monde et sur la vie en quelque sorte. Les autres viennent à ces femmes empêchées mais loquaces. L'immobilité comme système de domination. Il fallait y penser. Hélène n'a pas la notoriété ni la gloire de Madame Colette, mais elle en a l'autorité et la pertinence. Question d'âge et de « branche ». Princesse Gagarine, s'il vous plaît, ne vous y méprenez pas. Dix siècles d'histoire de la Russie vous contemplent. Vous devez couper ma viande, mais je ne vous épargnerai pas si elle n'est pas bonne. On ne me la fait pas. Si elle est bonne, je saurai vous remercier. La sincérité donne de la hauteur. Les vrais mots et non la monnaie de singe.

Et puis il y a l'aplomb des malades. Je suis malade donc vous me devez assistance et respect. Vous trottez aisément sur vos deux jambes donc vous allez chercher les verres, les assiettes, et vous m'apportez les courses que je vous ai demandées, les objets rares que je ne me serais jamais procurés en d'autres temps, une loupe éclairante spéciale pour malvoyants, des sandales adaptables à mes pieds bandés, une crème spéciale qu'on trouve sans ordonnance, pas n'importe où… Cavalez, chers amis, fournissez-moi, je suis malade et je mérite tous les égards. Cette autorité-là émane d'un caractère fort et de la position privilégiée conférée par le handicap. On s'y plie sans broncher, incapable de mesurer son inconfort et sa souffrance. Je ne la quitte jamais sans qu'elle m'ait soumis une liste de besoins plus ou moins urgents, prégnants pour sûr, un fil à la patte avec lequel elle m'attrape pour que je revienne au plus vite. Elle s'ingénie à désirer des améliorations à sa condition de malade. Peut-être un geste d'amour, pour partager son mal-être avec nous et nous affubler du rôle d'anges gardiens, de sauveurs. Les mères vieillissantes exercent ce chantage sur leurs enfants qui vont quitter la maison familiale, et les épouses délaissées se vengent ainsi d'un mari volage. Le trafic d'objets alimente les sentiments. Compense les brèches. Les absences. Chaque objet recèle une histoire, un mouvement d'allégeance. Son utilité réelle passe au second plan.

Je regarde autour de moi. Son univers étalé sur les murs, les meubles entassés, les rideaux tirés en permanence qui m'irritaient autrefois. Aujourd'hui je trouve cet intérieur chaleureux, accueillant, pas banal. Les bibelots sans valeur ont tous une place définie, un sens résolu. Souvenirs de voyages en Chine, au Cambodge, à Bangkok, aux États-Unis, en Grèce. Des babioles pour touristes aux coloris chatoyants. Elle n'était pas riche. Travailleuse du spectacle aux contrats intermittents. L'harmonie de couleurs qui se dégage de ses choix me touche. Un goût personnel pas « à la mode » ni prétentieux. Juste la chaleur des souvenirs.

Des photos partout, toute la famille est clouée au mur, souvent des clichés qu'elle prenait elle-même. Elle vivait avec nos images, avec la fixité des tirages photographiques, à mes yeux souvent mensongers. On sourit à volonté sur ces clichés, on regarde l'objectif donc on sait qu'on est photographiés, on se garde d'exhiber les peines et les malentendus. Tout le monde il est beau, tout le monde il est gentil. Hélène accepte le postulat, elle ne voit dans ces photos délavées par l'air et la lumière qu'une multitude de vibrations du passé, tel un vol de papillons attrapés. Ça voletait autour de sa tête, chaque semaine elle cherchait un coin pour ajouter une nouvelle capture, un nouveau battement d'ailes. Ainsi elle se sentait moins seule. Ainsi bravait-elle le temps qui passe, le chagrin des disparitions. La faune des gens qu'elle aimait, vivants ou morts, l'entourait, affichée en permanence sous ses yeux. Une paroi entière de sa chambre était recouverte de ces photos qui s'additionnaient, soigneusement encadrées.

Dans cette galerie de personnages familiers, je tiens une place particulière, mes films et les couvertures de magazines sont honorés. Mes livres également. Ils sont alignés sur une étagère près de son bureau, je suppose qu'elle les montre à ses visiteurs, surtout les livres de cuisine. Elle a offert *Joyeuses Pâtes* à de nombreux amis, qui deviennent des fans de mes recettes. Elle est fière de mes œuvres, sans rivalité aucune. Je la bluffe même. Jamais elle n'aurait imaginé que la petite Macha qu'elle promenait en landau dans les jardins de la Tour Hassan ou des Oudaïas à Rabat pondrait des livres et des livres aussi variés. Mes livres de cuisine ont fait l'unanimité dans la famille, un peu moins les autres… Mais Hélène était curieuse de mon imagination, elle ne me jugeait pas, elle souhaitait sincèrement mon succès.

Depuis la mort de notre mère, elle endossait vaguement la fonction maternelle auprès de moi, sachant que mon chemin était tracé et que je ne dévierais point. N'ayant pas eu d'enfant, elle m'avait attribué la case « passage de génération » et je me prêtais à cette dramaturgie, je l'écoutais et je tenais compte de ce qu'elle me disait. Elle ne proférait pas de conseils ni d'instructions, elle me mettait en garde contre les embûches qui me guettaient, les solitudes qui m'attendaient. Sa lucidité et son humanité complétaient son intelligence. Elle me racontait sa vie enjolivée, comme toute grande sœur refuse de reconnaître les failles et les brutalités qui l'ont meurtrie. Elle n'avait pas peur pour moi, elle avait enduré assez de violences de la vie pour penser que nous étions, toutes les trois, « à la hauteur », comme disait notre mère. Je l'épatais et au fond pas tant que cela. J'étais dans la lignée des femmes combatives et altières de notre famille.

Je marche vers elle

La fin a été gracieuse et pudique. Son cœur a lâché entre deux phrases d'humour sur la population nombreuse qui attendait comme elle dans la salle d'attente des urgences. Son cœur a pris la bonne décision : elle était condamnée à des souffrances intolérables, les chancres sur les jambes se creusaient et auraient bientôt dégénéré en septicémie et en abominables douleurs. Elle tenait la main d'Élisabeth, elle plaisantait avec Catherine, mon assistante et amie qui la secondait depuis des mois, elle souriait des enfants noirs qui jouaient au foot entre les jambes des patients, elle a pris une grande respiration et elle s'est envolée, simplement, délicatement, à la face du monde tel qu'il est, bigarré, bruyant et loin d'elle. Elle n'en voulait plus de ce monde incompréhensible pour lequel elle avait cependant une indulgence divertie, liée à ses voisins de toutes origines dans l'immeuble populaire où elle résidait, si solidaires et secourables. Cet environnement lui a tenu compagnie les dernières années, elle en était consciente et reconnaissante. Si elle avait vécu dans un immeuble bourgeois qui se vide pendant les mois d'été et dont on ignore le nom des voisins, elle n'aurait pas pu rester chez elle jusqu'à la fin. Elle a participé de bon cœur à la vie de son immeuble, avec une curiosité anthropologique. Quand la famille de Camerounais à l'étage au-dessus s'est trouvée sans eau à cause d'impayés ou de sombres histoires de plombiers véreux, elle avait autorisé les enfants à venir se doucher chez elle. Elle réconfortait sa voisine marocaine dont le fils était déficient mental et le mari avait Alzheimer. Tous le lui rendaient bien, les couscous et les gâteaux au miel défilaient dans sa cuisine. Elle buvait du thé à la menthe avec eux, le temps d'une chanson berbère.

Elle est partie sur la pointe des pieds, elle ne se sentait plus nécessaire alors que jusqu'au dernier jour ses amis l'appelaient encore pour qu'elle leur remonte le moral. Sa voix cristalline ne laissait pas deviner son grand âge ni son état physique. On la consultait, elle parlait beaucoup au téléphone. Les visites se raréfiaient. Les forces lui manquaient, et elle ne voulait pas offrir le spectacle de sa déchéance. Ni souffrir davantage.

Elle avait atteint son seuil de tolérance à la souffrance. La morphine agissait de moins en moins, pour des durées toujours plus limitées. Son visage s'est crispé un instant, puis s'est apaisé. Elle est partie.

Nous voilà sans elle. Sans son rire, sans ses exagérations, sans son œil interrogatif. Sans le poids de sa sagacité. Me voilà en haut de la montagne, en première ligne désormais. Pas à sa place, l'histoire ne se répète pas, comme certains disent, mais exposée frontalement, privée du bouclier qu'elle représentait, malgré toutes ses pathologies et tous ses handicaps. Ma grande sœur. Une femme hors du commun, un exemple de résilience, ce mot galvaudé qu'on entend à tout bout de champ mais qui prend toute sa signification ici. Hélène s'est battue pour cet honneur, pour nous aussi, pour la victoire des déplacés, des rejetés, des balayés par la guerre et la folie des hommes. Elle a relevé le flambeau que nos parents nous ont passé, elle n'a pas failli, elle a conduit la calèche familiale sans tomber, sans se compromettre, sans s'altérer. Petite vie d'un côté, grand parcours de l'autre.

Nous entrons en silence dans la chambre mortuaire de l'hôpital. Mon neveu se signe, son épouse baisse la tête, le visage tordu de sanglots muets. Lisiko, ma petite nièce, suit son père les yeux embués. Moi, je suis immobile, à droite de la dépouille. Je ne ressens rien. Ce corps froid n'est pas Hélène, ce n'est pas ma sœur, ses joues blanches et figées ne sont pas les siennes, elles ne lui ressemblent pas.

Je pose mes lèvres sur son front glacé, une odeur de térébenthine flotte dans la pièce étroite éclairée par la lumière du jour, à travers des fenêtres hautes. Les préposés à ce bâtiment de l'hôpital se sont éclipsés, ils nous ont laissés seuls.

Je ne ressens rien. Ce n'est pas elle, cette statue blême n'a rien à voir avec elle. Ce corps ne m'intéresse pas, il n'a de sens que pour nous prouver qu'Hélène est bien morte, que c'est fini, il ne s'animera plus, il n'est plus qu'un objet qu'on va vite enfermer dans une boîte, puis ensevelir dans le sol du cimetière de Sainte-Geneviève-des-Bois, le dernier quartier des Russes de France, un emplacement réservé depuis des années. Hélène ne manquait pas de signaler, en passant près de ce tombeau quand nous allions visiter celui de nos parents :

– C'est là que je serai. Plein sud, c'est bien orienté, les hortensias aimeront, vous me mettrez des hortensias, n'est-ce pas ?

Je suis éberluée. Cette masse inerte que je viens de voir est une imposture, ce ne peut pas être Hélène.

Je sors rapidement. Le chagrin n'est pas pour maintenant. Je voudrais effacer cette image de ma rétine. Je vais rapidement respirer dehors, je m'appuie à une ambulance parquée devant les urgences. La tête me tourne.

Une page s'ouvre. La suite sans Hélène. La fermentation en moi de ces événements. La mort nous transforme et nous met au pied du mur. Nous dicte des lois nouvelles. Les décoder d'abord, et tâcher de les intégrer à travers les turbulences du chagrin. Je ne vais pas interrompre le dialogue avec elle. J'ai tant de choses à lui dire. J'imaginerai ses réponses. L'échange revêt une pureté imprévisible. Elle est là, près de moi, mieux qu'avant. On dit tout. On rigole. Je vais te plaire, t'étonner. Je dois faire ce film, tu avais approuvé mon scénario, je vais faire tout mon possible pour le réaliser ce film, cet aveu. Nous n'avions pas tout à fait la même vision du cinéma, mais ton instinct te permettait de reconnaître les entreprises captivantes. Les idées fortes. Je ferai ce film, je te le promets. Tu m'y aideras, je le sais. Tu me souffleras les directions à prendre, les enchaînements à ne pas trahir. C'était ton métier et c'est une règle philosophique que tu enseignais à tes élèves. La recherche du vrai, du profond, du durable. Et du logique. Ceci pourrait paraître conventionnel. Je m'aperçois avec le temps que la vérité se cache dans les lieux communs, les banalités du classicisme qu'on vilipende quand on est jeune. Michel Legrand disait de la musique tonale : « Elle n'a pas dit son dernier mot. La proscrire ne sert à rien, elle reviendra. » Il ajoutait : « Je sais quand il y a de la musique et quand il n'y en a pas. »

On peut dire la même chose du cinéma. Le torturer dans tous les sens ne change pas sa vocation : représenter les humains dans leur grandeur face à tous les obstacles. Montrer ce qu'on invente pour lutter contre l'injustice, la laideur et la bassesse. Avec les nuances de chaque époque, de chaque culture. Le grand cinéma est universel, comme la musique. Et plus il est véridique, plus il est difficile à réaliser.

Je ferai ce film, Hélène, je me battrai pour qu'il soit rigoureux et révélateur de ma génération, qui n'est pas tout à fait la tienne, onze ans étaient un écart immense qui nous différenciait sur les méthodes et les moyens à développer. Pas sur les objectifs. Ceux-là remontent à la naissance de l'art, après l'impact du christianisme et de sa dictature. L'art demeure et demeurera quoi que prône l'intelligence artificielle le pouls d'une société, son expression suprême devant laquelle on s'incline collectivement. La mort de l'art ? Quelle sottise. On l'a maintes fois enterré au profit de la science, de la politique, du capitalisme, puis du communisme, aujourd'hui du transhumanisme et de l'imitation des œuvres diffusées planétairement. L'homme ne sera jamais une machine ni une copie, même les fourmis sont toutes différentes les unes des autres, on voit bien celles qui ne suivent pas la colonne générale, qui s'égarent, s'aventurent hors des sentiers battus. Les artistes, les créateurs ne savent pas pourquoi ils créent. Ils créent. Ils voient ce que nous ne voyons pas. Ils ne briguent pas la gloire ou l'argent. Ils sont lanceurs d'alerte. Postes à galène qui flairent le monde à venir, nous préviennent, sonnent les cloches de l'apocalypse et s'insurgent contre l'indifférence des hommes. La paresse des humains. Ils campent sur le qui-vive en permanence. L'art ne peut pas être paisible au risque de devenir décoratif, conciliant et inutile. Le beau ne suffit pas. Mais casser le beau non plus. L'équation est sévère : il faut produire un choc sans choquer. Sans détruire systématiquement tout ce que nos prédécesseurs nous ont légué. Ont cru bon de produire à leur époque.

Hélène n'était pas une rebelle. À y réfléchir, moi non plus d'ailleurs. L'héritage de notre condition de Françaises naturalisées (nos parents ont choisi de devenir français à peine quelques mois avant la naissance d'Hélène à Antibes, donc je répète nous sommes nées de parents français) nous oblige à saluer l'accueil qui nous a été prodigué. J'étais une jeune fille de gauche, mais pour rien au monde je ne m'en serais prise à l'État français, la République et les droits de l'homme. Certains de mes camarades voulaient tout détruire, instaurer des systèmes anarchiques totalitaires. Ils cessaient vite d'être mes camarades. Je les écoutais en silence par curiosité sociologique (s'opposer à leurs raisonnements était parfois périlleux), mais je n'ai jamais adhéré à ces aspirations révolutionnaires. Ma mère souriait de mes orientations, après tout ce que notre famille avait subi avec la révolution d'Octobre, mais elle ne s'insurgeait pas, elle laissait mon cerveau suivre son épanouissement et reconnaissait que l'élite de la France était de gauche, si pas carrément communiste. Elle lisait Aragon et Camus, elle comprenait Bertolt Brecht et Chostakovitch, mais elle continuait à leur préférer Fauré, Ravel et Teilhard de Chardin. Mon engagement politique l'intriguait sans l'étonner. La démocratie mûrit avec les siècles, ses soubresauts la poussent fatalement dans la bonne direction.

Maman ne m'accusait pas de vouloir me démarquer, histoire de contredire les quolibets qu'on me balançait à l'école : « Si tu es une princesse, alors ton père était un roi ! » Les princesses de contes de fées étaient les seules connues de ces jeunes filles du lycée Marie-Curie à Sceaux, dans la banlieue sud de Paris. Mon nom (Gagarine) estropié en « Saccharine », « Margarine » ou « Flaque d'urine » me poursuivait comme une différence indélébile et je n'ai pas hésité quand Monsieur Deutschmeister, producteur de mon premier film, m'a suggéré d'en changer, d'inventer un nom de cinéma. Ne pas rendre public notre grand nom russe ne déplaisait pas à mes sœurs. Le cinéma conserve sa réputation sulfureuse, Dieu sait quels rôles malhonnêtes risquaient de porter notre nom…

Je suis assise dans son appartement vide. Nous avons sélectionné ce qui sera donné à la Croix-Rouge, ce qui sera jeté, ce que chacune de nous emportera. En souvenir d'elle. Pour moi, pour fixer nos conversations, ses goûts, ses connaissances. Elle était approximative dans de nombreux domaines, mais son jugement était toujours global et sûr. L'exactitude notariale n'était pas de son fait. Elle était femme de synthèse, de survol. Les tracasseries qu'Élisabeth, femme de précision et de savoir, lui imposait la faisaient sortir de ses gongs. Car l'exactitude nuit souvent à l'intelligence des situations. Notre mère a sûrement péché par fantaisie dans la description de sa fuite de l'URSS à travers la Roumanie, puis l'Allemagne et la France dans son ouvrage *Blonds étaient les blés d'Ukraine*, mais son art de conteuse recompose la réalité pour mieux la faire vivre.

J'ai souvent parlé de cela avec Guy Bedos. Quand il affirmait que tel homme politique était cocaïnomane, je lui demandais : « Comment tu le sais ? » Il me répondait : « Je ne le sais pas, je le sens ! » Sans aller jusqu'à cette licence, au nom de l'humour, la façon de raconter compte autant que la précision des faits. Ma sœur Élisabeth a du mal à l'entendre. Hélène l'admettait à cause de son travail de chef-monteuse : quand on raconte une histoire, il faut aller à l'essentiel, dégager les péripéties saillantes, en éliminer d'autres qui rendraient le récit touffu et ennuyeux. Les détails alourdissent le récit. Hélène n'était pas dialectique, elle condensait sa pensée en quelques concepts qui brillaient par leur justesse. Impressionnantes de bon sens, ses remarques tapaient dans le mille, assaisonnées d'une bordée de rires consolateurs, ses rires célèbres et bruyants qu'elle cultivait, son image de marque, son drapeau. Rire pour ne pas se fâcher, pour déplacer le débat, pour calmer le jeu. Rire pour revenir dans la cour d'école où l'on découvrait l'humour et les premières blagues d'enfants.

L'enfance.
J'y reviendrai. Quand cesse-t-elle vraiment ?

Elle nageait. Elle aimait l'eau. Elle se vantait d'avoir fait de la plongée sous-marine avec des camarades du Club, plus précisément avec un compagnon qui l'entraînait dans des expéditions à la chasse au mérou en Corse. Je sais tout des mérous, très peu du compagnon en question. Toujours ce voile sur ses relations avec les hommes.

Nous sommes au bord de ma piscine chauffée, elle a voulu se baigner malgré ses jambes encombrantes. Elle dit qu'elle est plus à l'aise dans l'eau que sur terre. Elle veut surtout renouer avec des souvenirs heureux je suppose, quand son corps lui répondait. Son vieux maillot de bain trop grand pour ses épaules amaigries flotte autour de sa taille. Mais elle avance, prudente dans le petit bain, puis doucement à la nage dans le grand bain. Je la surveille de loin, pas trop loin, médusée tout de même. Elle avance en brasses méthodiques et peu efficaces, je lui tends une frite turquoise qu'elle snobe d'abord puis qu'elle adopte en riant. Hélène la nageuse. J'espère être aussi intrépide à son âge. Elle nage pour nager, non pour nous impressionner mais pour vérifier sa perception de l'eau, sa mobilité dans l'eau. Elle nage. Elle est contente.

– Je ne peux plus faire le crawl, mais je nageais très bien, tu sais.

On le sait. Elle nous l'a assez dit et redit. Comme si on ne la croyait pas. Comme si elle avait inventé les exploits nautiques de sa jeunesse.

Un ami prend une photo d'elle, souriant dans l'eau bleue. Son corps déformé par la profondeur disparaît en dessous d'elle. Elle n'est plus une jeune fille, mais elle se souvient d'avoir été une belle jeune fille, en phase avec l'été, la mer, les poissons grillés sur la plage, et les garçons sportifs qui la voulaient près d'eux. Un en particulier j'imagine, mais il a disparu de ses récits, comme effacé du tableau par un retoucheur zélé du KGB. Ce sont des coquillages sous ses pieds et du soleil sur son dos qu'elle se souvient. Elle nous ressert souvent ces flashs du passé gravés dans sa mémoire pour toujours. Elle avait trente ans, elle ne savait pas encore ce que la vie lui réservait.

Sur une photo d'alors son œil brille d'espoir, ses dents blanches illuminent son visage bronzé. Tout pouvait arriver, la jeunesse s'use en espérances, en paris sur l'avenir. Sa chair épanouie était une promesse. Un livre qu'on n'avait pas encore ouvert.

– Il faut sortir, Hélène, tu es dans l'eau depuis une demi-heure, ce n'est pas fameux pour ton cœur.

Elle est docile, elle sait que j'ai raison et je l'aide à gravir les marches glissantes au coin du bassin. J'ai prévu des serviettes chaudes dans le sauna, je guette ses pas sans être trop insistante, je l'accompagne jusqu'à la douche, elle est capable de se doucher seule, agrippée à la barre de soutien.

Ce fut sa dernière baignade. Il y a quelques mois. Ces images roulent dans ma tête, je voudrais les saisir en capture d'écran, qu'elles ne s'échappent pas.

De cette scène restera la photo, qui prendra peu à peu la place du souvenir vécu. Je me dépêche de raviver ma mémoire, elle va s'essouffler, s'éloigner, c'est la loi de l'extinction des souvenirs. Un tri se fera malgré moi, les contours s'estomperont. Je ne veux pas. Je veux avoir

Hélène au premier plan devant moi. Je ne veux pas qu'elle appartienne au passé, ajoutée à tant d'autres images.

Fait nouveau : j'ai des pincements au cœur quand je quitte un lieu ou une personne. Reviendrai-je dans cette maison ? Reverrai-je cette personne ? Syndrome de la séparation auquel je n'avais pas cédé auparavant. Une fragilité qui me tombe dessus. Ou une conscience d'adulte à laquelle la disparition d'Hélène m'invite. Elle n'est plus là, je ne la reverrai pas.

La mort éclaire d'une lumière crue le présent qui se déroule. Tout peut s'arrêter, comment ai-je pu être si légère, si aveugle ? La vie tient à un fil, ce vieil adage se vérifie soudain. D'un moment à l'autre on n'est plus là, on se souciait d'avoir de l'essence dans la voiture, de ne pas avoir pris un parapluie contre les averses annoncées, d'avoir oublié de répondre au sms d'un ami, de se rappeler de passer prendre du pain, et en une seconde tout cela disparaît, n'a plus aucun sens, c'est ridicule et presque obscène.

Je ne suis pas devenue émotive, je suis seulement à vif, consciente de chaque instant, de chaque geste. La mort nous ouvre les yeux, nous recadre. Chaque minute qui passe est une conquête. Et m'éloigne un peu plus d'elle, ma sœur que je ne verrai plus s'ébattre dans l'eau, libre et concrète, laissant flotter son corps désarticulé, une flottaison illusoire qui m'apparaissait comme une victoire alors qu'elle aurait dû m'alerter sur ce qui nous attendait.

Et c'est arrivé. Elle est partie flotter ailleurs. D'une minute à l'autre, sans retour, sans crier gare. Tant qu'elle était de ce côté, avec nous, tout semblait normal, elle était éternelle, nous n'imaginions pas qu'elle serait absente tout à coup, il ne reste d'elle que ce que nous avons vu, entendu, ses phrases résonnent encore claires à nos oreilles.

La dernière fois que je l'ai vue, je suis partie de chez elle sans faire de bruit, elle s'était assoupie sur son divan, j'ai fermé la porte doucement comme je le faisais chaque fois. Je m'ingéniais à ce que les séparations demeurent anodines, indolores, le moins soulignées possible. Je pars mais je reviens vite, ma présence en pointillé trace un continuum de jours et de nuits près d'elle, comme si on ne se quittait pas.

J'aurais dû me méfier. Cet habillage du réel ne présageait rien de bon. Elle risquait de tirer sa révérence sans moi, son horloge interne n'était pas la mienne, je n'étais que spectatrice, raide et matérielle devant l'évaporation progressive de son dernier filet de vie. Mais que peut-on faire ? Si je m'étais installée chez elle, ça l'aurait inquiétée, perturbée. Elle aurait craint qu'on lui cache quelque chose, qu'on se prépare officiellement à l'ultime rupture. Alors on jouait la comédie du tout va très bien, madame la marquise, rien d'important à signaler au château.

– Tu prends du sucre maintenant ?

– Oui, depuis quelque temps je ne peux plus prendre ma tisane sans sucre. C'est déjà assez ennuyeux comme ça, la verveine.

Le café lui est interdit, mais pas le petit whisky qu'elle prend le soir, sans glaçons. Compagnon de sa solitude, elle se fiche de ce qu'on en pense. Rapport direct avec cet écart, qu'elle avoue à son médecin, pour l'agacer. De quoi faut-il se priver, quand on est si près de la sortie ? Tant que cela lui procure un réconfort, je l'encourage à perpétrer cet usage.

– C'est le Chivas que j'aime le plus. Tu m'en apporteras ?

Bien sûr que je lui en apporterai. Tout ce qui concerne le gosier est de mon ressort. Ses médicaments qui ne tolèrent pas l'alcool s'en accommoderont. La raison n'a guéri personne, elle peut obscurcir les journées et les soirées. L'homme (et la femme) est un animal habitudinaire, rompre les rites est déprimant. Hélène gère le fonctionnement de son moral, ce péché mignon lui sert plus qu'il ne lui nuit.

Je suis dans sa cuisine, j'ouvre les placards le cœur serré, je découvre ses petits secrets, les chocolats cachés derrière la théière, la bouteille de whisky entamée, je ne peux pas retenir mes larmes, combien de fois avons-nous partagé « le whisky d'Hélène ? C'était devenu un jeu, un prétexte à sa bonne humeur, son exclusivité car aucun de nous ne boit d'alcool fort. Je me forçais un peu, quand nous étions réunis tous se forçaient un peu. Lui offrir la signature de ce moment avant le dîner, mieux que le triste thé que les dames boivent légitimement. Elle sirotait son whisky avec l'expression peccamineuse d'une enfant qui s'affranchit des interdictions et des recommandations.

Je l'imagine seule devant la cheminée de sa chaumière à la campagne, ce petit whisky quotidien remplaçait tout ce qui lui manquait, une présence, un partenaire, un écho. Le whisky de la solitude. De la résignation. Personne ne viendra plus le boire avec elle.

Une famille de pigeons campait sur son balcon. Elle s'en plaignait car ils salissaient tout, picoraient les graines de sa glycine, déposaient leurs œufs dans les jardinières. Mais leur trafic l'intéressait tant que je la soupçonne de les avoir nourris de miettes de pain, de les observer longuement derrière les voilages de sa porte-fenêtre, de remplir d'eau son arrosoir à ras bord pour qu'ils puissent y boire et même s'ébattre, ce que font ces volatiles dans les mares et les flaques des rues. Elle observait la vie qui frémissait devant elle, les cycles des saisons, elle surveillait les naissances et le renouveau des couvées, imperturbables sous les pluies battantes de l'automne. La pigeonne grise a disparu, elle a été remplacée par une blanche, plus petite. Le mâle a une patte cassée, il peine à voler et atterrit maladroitement sur la rambarde étroite après plusieurs essais malheureux. La vue d'Hélène s'aiguisait étrangement quand il s'agissait de la nature, des bourgeons sur son camélia ou des couchers de soleil dans un coin de ciel parisien entre deux toits d'immeubles.

Ma sœur vivait à pleins poumons, son corps avait besoin d'espace et d'oxygène, sa petite maison en Normandie les lui fournissait. Ma mère disait en russe à propos d'Hélène, sa fille aînée : « *ana gromko giviot* », ce qui signifie : « elle vit bruyamment ». Les décibels de ses rires illustraient cela. Ses maladies aussi, toujours puissance maximale. Elle a failli mourir plusieurs fois, de fièvre typhoïde, de diphtérie, de scarlatine, de déficiences cardiaques, d'œdème, d'un cancer de la vessie. Elle survivait. Plus énergique que jamais. Plus gaie que ces pigeons indélicats et pugnaces sur son balcon. Ils incarnaient l'activité sauvage qui grondait en elle comme une source souterraine en attente qu'un sourcier la découvre. Son corps résistait, se transformait, les kilos s'accumulaient mais n'entravaient pas la grâce et la souplesse de ses mouvements. Adolescente, elle aurait voulu être danseuse. Ses formes rondes l'en ont empêchée.

Le mouvement.

Billy Wilder avait dit à un comédien qui ne bougeait pas : « *It's motion picture, baby* » (« Le cinéma c'est l'image animée, mon pote »).

Hélène était à l'aise dans ce médium qui prône le mouvement.

Le passage.

À l'IDHEC (ancien nom de la FEMIS, l'école de cinéma) où je participais aux tournages de fin d'année en tant qu'apprentie comédienne, on enseignait que pendant le déroulement d'un film l'œil ne voit pas tout. Il voit principalement soit le centre de l'écran, soit le mouvement qui le traverse, ou une tache de lumière. C'est pourquoi François Truffaut répétait qu'il faut revoir les films parce qu'on ne les a pas bien vus. On les reçoit d'abord comme des gifles d'images et de sons produisant des émotions, mais on n'a pas détecté tout le reste, les mouvements de caméra, les décors, les seconds rôles, les effets de lumière et de son, les costumes et la subtilité des dialogues. Hélène maniait cet art avec brio parce qu'il lui correspondait, elle adorait la danse, la musique de ballet et la clarté du jeu des grands acteurs, qu'elle vénérait.

Contrairement à la plupart des monteurs, elle allait fréquemment sur les tournages, elle aimait observer les acteurs, leurs tics, leur énergie, leurs caprices pour lesquels elle avait de la tendresse ; c'est si difficile de sortir de soi un personnage, d'accoucher d'une histoire pilotée par un metteur en scène et toute une équipe peu soucieuse des priorités d'un acteur. Ce n'est pas par vanité que les acteurs souhaitent des gros plans, c'est pour amortir le travail profond qu'ils apportent sur un plateau, parfois incompris. Hélène admettait l'angoisse des acteurs, leurs bagarres avec les réalisateurs pour défendre leur rôle, pour défendre le film auquel ils donnent toute leur sève. Le travail d'équipe oblige à des choix, des équilibres arbitrés par le metteur en scène en principe. Mais certains comédiens en savent plus que le metteur en scène. Des conflits naissent inévitablement. Hélène se plaçait du côté des artistes, soutenait leur prestation face à un réalisateur inquiet et indécis.

Elle a tenu tête à André Konchalovski, qui souhaitait découper en une myriade de plans une séquence jouée magnifiquement en un seul plan par Inna Tchourikova, grande actrice russe. Il n'était pas nécessaire de taillader cette séquence en rondelles, elle contenait le souffle et le tempo que l'actrice chevronnée avait déployés. La mode des films américains du moment, hachés en une cascade de plans courts dont on vantait le nombre comme une qualité suprême, tourmentait André, qui craignait de paraître « pauvre et vieillot ». Hélène l'a convaincu du contraire au cours d'épiques et habiles négociations dont elle avait le secret. Son caractère psychologue et prudent l'épaulait. Notre ami Konchalovski me l'a redit récemment, elle avait raison, il a mis des jours à le comprendre, dévoré par ces modèles esthétiques qui le bridaient. Il n'est pas facile de créer un style, chaque film dégage le sien, puis l'ensemble d'une œuvre permet de reconnaître la signature d'un cinéaste.

Pour être cinéaste, il faut du courage et une dose d'aveuglement, comme à l'armée. Narguer la chance à tout moment, commander le ciel, le soleil et les nuages ! Et savoir s'entourer de collaborateurs honnêtes qui agissent dans le sens du film, en luttant parfois contre les doutes du réalisateur. Jean-Luc Godard disait qu'un panoramique (mouvement de caméra latéral) est une affaire de morale. Le montage l'est encore davantage. D'ailleurs Godard montait ses films lui-même, il savait en tournant quel serait l'enchaînement des plans et où il donnerait le coup de ciseaux. Tous les metteurs en scène n'ont pas cette puissance ni cette maîtrise, c'est au monteur ou à la monteuse de recueillir leurs intentions et de les mettre en forme pour eux. L'attachement de la plupart des réalisateurs à leur monteur (ou monteuse, qu'ils épousent parfois) est viscéral. Il se bâtit entre eux une intimité à nulle autre pareille, les apparences tombent et toute tentative de triche s'écroule dans une salle de montage. On se montre à nu, démasqué. Un grand bouillonnement de vérité.

Hélène pratiquait ces psychanalyses professionnelles avec douceur et conscience. Je pense qu'elle serait étonnée de ce que j'en dis, sa culture générale ne la portait pas à ces définitions. Son talent était parfaitement naturel et la confiance qu'on lui faisait s'expliquait : elle n'était pas suspecte de partis pris intellectuels ou idéologiques. Seule sa nature attentive gouvernait ses rapports avec les auteurs. Ils l'adoraient d'ailleurs, elle jouait le rôle de nounou aimante, judicieuse comme sont les gens simples. Mais son imparable technicité s'ajoutait à sa présence positive.

Les techniciens du cinéma doivent continuellement se mettre à jour, le matériel change, la technologie avance et nécessite de s'y conformer. Hélène était arrivée à l'âge de la retraite à l'irruption du numérique, elle avait commencé à s'y adapter mais elle s'inquiétait de la compression du temps de réflexion qui modifiait complètement son métier. Elle n'aurait pas pu continuer. L'exigence a diminué, quand on regardait des films ensemble elle se plaignait régulièrement du montage souvent bâclé. Ce n'est pas le seul domaine où l'excellence s'est évanouie, nous avions des craintes que je partageais. Mais elle n'était jamais amère, le cinéma n'est qu'un bout de la vie, il y a tout le reste, n'en faisons pas un drame, ne soyons pas grincheux. Il y a encore de bons films, bravo à ceux qui soulèvent des montagnes pour parvenir à les réaliser.

J'allume la télévision en ces jours de septembre 2025, j'entends Marine Le Pen et je la plains. Tous ces mots haineux doivent laisser un goût de fiel dans sa bouche, la violence de ses propos se retourneront contre elle, les Français aiment la liberté de ton mais au fond pas qu'on salisse les gouvernements, quels qu'ils soient. Elle n'est pas la seule malheureusement à jouer à ce jeu-là. La politique exige peut-être ces excès de langage, et c'est pourquoi dans nos familles on bannissait la politique parmi les carrières proposées aux jeunes. Tout sauf la politique ! On peut être médecin, chanteur, danseur, magistrat, dresseur de chevaux ou militaire mais ni avocat ni député. Trop de compromissions, trop de mensonges. Le principe même de l'éthique aristocratique l'interdit.

Sans verser dans l'angélisme du « aimez-vous les uns les autres », on peut tenter de cohabiter avec nos semblables sans les insulter ni aspirer à leur destruction. Je ne hais pas les actrices qui ont décroché les rôles que je convoitais. Je m'interroge sur les tendances de notre époque qui me sont défavorables, j'étudie la situation, je déplore certaines erreurs mais je n'en veux à personne, je ne m'en prends à personne, j'admire les artistes qui le méritent, et voilà. On dirait que les politiques éprouvent l'obligation d'assassiner leurs concurrents pour prendre leur place dans un bain de sang. Le pouvoir est-il si enivrant qu'il gomme tous les autres sentiments ?

Hélène se tenait au large de ces réalités. Elle votait pour celui ou celle dont on lui avait dit du bien d'une façon directe, plutôt à droite par rancœur envers ce que nos parents avaient subi du communisme, mais d'une façon personnalisée et intuitive, comme toutes ses actions. Chirac lui plaisait, il était bien élevé, il présentait bien, il parlait un bon français, il était recommandé par une amie créatrice de jardins dans son château près d'Azay-le-Rideau. Mais sa politique lui passait au-dessus de la tête, peut-être parce qu'il n'en avait pas vraiment. Une France traditionnelle aussi tranquille que possible. Elle a désapprouvé mon engagement avec les étudiants en 68 et déplorait mes connexions à gauche. Ces années-là nous ont éloignées. Selon elle, je filais un mauvais coton.

Que tout ceci paraît lointain aujourd'hui ! Cependant, le monde a changé en 1968. Les grandes transformations sont-elles imputables seulement à notre révolte ? La science, véritable progrès à la poursuite de laquelle la politique cavale, a apporté la pilule, les traitements hormonaux substitutifs, le smartphone et l'intelligence artificielle. Le destin des femmes a profondément évolué. Les mœurs bougent, mais le cœur des hommes reste inchangé. Les intestins également.

– En voilà un !

J'arrête la voiturette électrique avec laquelle j'ai emmené Hélène dans les bois à la chasse aux champignons.

– Comment l'as-tu vu, de si loin ?!

Un superbe cèpe, calotte orange, pied ferme, intact, pas touché par les chevreuils ni les escargots. Le cinquième aujourd'hui, une belle récolte. Elle est admirative de mon flair, elle dont la vue commence à baisser.

Les champignons sont comme les électeurs pour un député : ils nous attendent, on a rendezvous avec eux, il faut y croire. Au début on ne voit rien, on les confond avec des feuilles mortes, des souches de bouleau. Puis l'œil s'exerce, nous devance, vise les endroits propices. Tout est question de confiance, de conviction. Certains jours sont creux, les champignons se cachent, surtout si la lune n'est pas favorable. Inutile d'insister, on le sait vite, à l'odeur déjà. La mousse et les sous-bois dégagent une odeur particulière quand ils abritent des champignons. Les bons et les mauvais. Mais s'il y a des vénéneux, il y a aussi des comestibles. Je ne ramasse que des cèpes, je ne connais pas assez les autres pour m'aventurer. Nous rivalisions, Michel Legrand et moi, en collecte dc bolets. Il se fâchait quand il en trouvait moins que moi, il était de caractère compétitif, au tennis il n'aimait pas perdre et se faisait remplacer par son fils quand il voyait que la partie tournait mal !

Maintenant il va falloir nettoyer tout ça… Un grand cuisinier m'a indiqué qu'il congelait les champignons tels quels, avec leur terre, sans les découper, sous vide. Je n'ai pas de machine à mise sous vide, on va devoir les débiter en morceaux, en tâchant d'utiliser le couteau le moins possible. Ce sera une magnifique omelette pour demain, quand la famille arrivera.

La famille, pauvre famille dépareillée, consiste en notre sœur Élisabeth, son fils unique Michel qui est ambassadeur, sa femme géorgienne Nino et leur fille Lisiko. Je n'ai jamais connu mes grands-parents, disparus en Sibérie après les « déplacements de population » de Staline, ni mes oncles et tantes éparpillés en Roumanie et en Ukraine soviétiques, et ni Hélène ni moi n'avons d'enfants. J'ai à peine connu mon père, décédé tragiquement après la guerre, et notre mère nous a quittées en 1993. Hélène tient la tête de ce regroupement composite mais uni, malgré nos différences d'âge et d'orientation. Je suis le vilain canard de la famille, j'ai grimpé en grade quand j'ai épousé Michel Legrand, enfin une union légale et heureuse, enfin un statut officiel, l'épouse d'un grand compositeur, mariée en règle à l'église et à la mairie, avec l'approbation de tous…

Hélène a beaucoup parlé avec Michel. Elle était curieuse de sa personnalité entièrement consacrée à la musique. Elle racontait avec bonheur comment il avait décrit pendant dix minutes le son d'une flûte en bois, comparé à celui de la flûte en métal. Il en brossait une description vibrante, avec un vocabulaire qui n'était qu'à lui. Hélène était aux anges. Rien ne pouvait plus la séduire. Son tempérament généreux me créditait d'avoir su aimer un homme aussi exceptionnel, musicien de surcroît. Et Michel, percevant en elle un auditoire disponible, lui faisait des confidences. Il lui parlait de moi, de ses aspirations pour nous deux. Pour que notre union soit une apothéose humaine et artistique. Les artistes sont ainsi, nous devons produire des œuvres à la mesure de ce que nous vivons. C'est une chance et une tare.

En écrivant ces mots, je prends conscience de ce que je fais, ma chère Hélène. J'exploite mon chagrin pour tendre la main à ceux qui me liront, qui ont perdu des êtres chers, qui se reconnaîtront peut-être, qui me sauront gré de les avoir touchés. Je le leur dois, je ne peux pas vivre ces moments bouleversants sans les partager avec ceux qui me regardent depuis si longtemps, qui sont curieux de moi et me lisent. Les émotions sont les moteurs de la création, et les chocs, les coups de foudre, les chagrins d'amour, les pertes et les déceptions notre carburant. Si je n'écrivais pas ce livre sur toi, Hélène, je moisirais à l'intérieur de mon âme, je m'effondrerais. J'écris pour toi, et pour moi. Je me sers de ton rayonnement et de ma mémoire fraîche pour jeter sur le papier, en vrac, le meilleur de nous deux. Ta force et la mienne. Quand tu étais là cet alliage se mariait naturellement, ça s'appelle la sororité, la vraie, celle qui unit deux sœurs d'une manière secrète et troublante. Les attaches dont on ne parle pas, qui nous appartiennent dès la naissance et ne nous quittent jamais. Liens mystérieux qui ne s'assimilent pas aux autres : on ne les choisit pas. On ne les remet pas en question. On ne les conteste pas.

J'entends des histoires de frères et de sœurs qui ne se parlent plus, qui ne se voient plus. Ils se rebellent contre ce ciment indéfectible, ils auront beau lutter, pour des raisons matérielles, sentimentales ou politiques certainement valables, la brèche restera sensible, un trou béant demeurera dans le sol sous leurs pieds. Les caractères peuvent s'opposer, les antagonismes creuser de profondes fractures, mais la fratrie des Horaces et des Curiaces rabat les écarts et les éloignements un jour ou l'autre. Ce n'est pas une question de « sang commun », c'est la place que nous assigne l'ordre de naissance, la distribution du temps qui s'amoncèle entre les strates d'une famille. S'il manque une touche à ce piano, toute la mélodie s'en ressent.

Voilà la musique qui revient en trombe. Au début de la cérémonie des obsèques, dès que les chants orthodoxes ont commencé, des larmes incontrôlables ont dévalé mes joues. Le pouvoir de la musique. Je n'avais pas pleuré avant. Soudain Hélène n'était pas allongée dans ce cercueil de bois clair recouvert du tapis rituel et des gerbes de fleurs roses, non, elle était là, debout près de moi, elle entendait ce chœur répéter : « *Gospodi Pomilouï* » (« Seigneur, aie pitié de nous »). Nous étions ensemble, soumises à la même coutume, elle morte et moi vivante, proches comme jamais.

La musique nous relie et nous agrège. Avec Hélène, je pouvais oser dire cela. Elle avait confié une grande part de son bonheur à la musique. Sans discrimination. Je suis plus sélective, les romantiques me barbent quelquefois, trop de sentimentalisme, trop d'affect. Mais je ne rechigne pas devant un concerto de Rachmaninov ou une symphonie de Brahms. Hélène avalait toutes les musiques avec gourmandise, sauf la musique contemporaine et certains clavecins baroques. Sa bibliothèque de CD est impressionnante. Je n'ai pas pu tout conserver, une partie ira à la paroisse du XIVe qui redistribue les CD et les livres aux médiathèques et aux écoles.

Hélène aimait les stars : la Callas, les chefs Celibidache et von Karajan, les pianistes Evgeny Kissin et Martha Argerich. Pas de seconds couteaux dans son panthéon musical. Pas d'œuvres confidentielles. Sa passion se nourrissait de l'excellence, des chefs-d'œuvre reconnus, des interprètes célèbres qu'elle écoutait et réécoutait, admirative et reconnaissante. De tels exploits la comblaient. Il existe sur la Terre des talents pareils, des champions éternels et pourtant perpétuellement dépassés par des plus jeunes, de plus en plus jeunes. Elle était émue de ces précocités qui tenaient du miracle. Comment un si jeune pianiste peut-il maîtriser des pièces complexes et virtuoses telles que les concertos de Beethoven ou de Liszt ?

Michel Legrand me racontait qu'il jouait du Bach à neuf ans, et déjà du jazz. Et avec quelle dextérité ! Sa maman, en difficulté financière après la guerre, pensait produire l'enfant prodige dans des cirques ou des foires. On lui avait confectionné un petit smoking aux revers de velours avec un nœud papillon qui lui plaisait beaucoup. Son professeur de piano, indigné, exigea qu'on présente sans tarder le jeune pianiste de génie au conservatoire, la vie de Michel a basculé, il avait trouvé sa place, tant pis pour le smoking.

Sans être groupie des chanteurs d'opéra, Hélène ne ratait pas le passage à Paris de Jonas Kaufmann ou de Cecilia Bartoli. Elle achetait ses places très à l'avance, bien placées mais pas trop chères. Elle avait un abonnement à l'Opéra Garnier et à celui de la Bastille. Elle rêvait d'être accompagnée et achetait un second billet qu'elle proposait à chacun de nous, à tour de rôle. C'était un événement pour elle, un privilège. Même quand sa vue fléchissait, elle ne s'est pas refusé ces moments de félicité. Je ne l'ai jamais accompagnée, et je le regrette maintenant.

Tant mieux, au fond. L'opéra n'est pas mon genre préféré et je ne peux pas m'empêcher de déplorer les mises en scène hideuses qu'on nous impose aujourd'hui, j'aurais gâché son plaisir. Sa joie au lever de rideau comme celle d'une petite fille devant un arbre de Noël aurait certainement fait chavirer mon cœur.

En écrivant ces mots, je me rends compte que j'attendais d'elle une posture d'aînée qui conditionnait notre relation. À présent, je comprends qu'elle était une petite fille, une petite fille de quatre-vingt-seize ans, mais toujours une petite fille, qu'elle en avait parfaitement le droit et qu'elle se protégeait sans doute ainsi des tempêtes de l'adversité. La revoilà à sa bonne place. Il a fallu toutes ces années d'esquive et de renoncement pour abriter sa vraie identité. Mais de son vivant la hiérarchie des âges gouvernait et nous cantonnait à des places inchangeables.

Avec ses amis elle n'avait pas ce rôle à jouer. Elle était libre de dire des bêtises, de rire à des blagues salaces, d'avouer son faible pour le folklore et les costumes régionaux, de passer des vacances au Club Med, ni vu ni connu, c'est vulgaire mais mon cœur d'enfant s'y plaît.

J'ai toujours pensé que nous avons tous deux familles : la famille héritée et la famille créée, la seconde prenant le plus souvent le dessus sur la première. Ceux qu'on élit, qu'on approuve, avec lesquels on partage les goûts, les expériences sentimentales, sexuelles ou professionnelles nous sont plus proches que les frères et sœurs, que les parents et les grands-parents. Ces derniers, se sentant responsables de leur progéniture, leur mentent sciemment pour faciliter le déroulement des échanges, soucieux de montrer le monde sous son meilleur jour. Je vous ai mis au monde, je m'excuse, ce n'est pas une sinécure, mais j'ai bien fait quand même, la vie est belle, vous allez voir. Les échecs des enfants sont plus cruels que les siens propres. On aurait pu les leur éviter, se dit-on avec orgueil et dépit.

Ma sœur n'était pas ma sœur, elle était ma marraine, celle qui avait connu mon père (elle avait dix-sept ans quand il est décédé), qui a assumé ma mère désespérée aussitôt après ce deuil, qui a tenu ensemble la famille démembrée, aidé ma mère à surmonter le chagrin et les difficultés, une colonne dans cette petite tribu de femmes esseulées et démunies. Depuis la gravité de ses dernières maladies, je la voyais plus dépendante mais toujours dominante, toujours patronne.

Je la vois telle qu'elle était, maintenant qu'elle a pris la poudre d'escampette, qu'elle a tiré sa révérence. Elle me disait bien : « Tu sais, je suis bonne pour Sainte-Geneviève-des-Bois » (le cimetière orthodoxe où elle repose), mais elle n'y croyait pas, elle disait cela pour conjurer le sort, pour voir ma réaction, par coquetterie de vieille dame lucide et spirituelle. Elle n'a pris aucune disposition pour son départ, pas de testament, pas de lettre d'adieu, pas de prévisions financières. Elle avait vendu sa chaumière normande à une aimable jeune architecte avec laquelle elle continuait à communiquer, cet argent lui avait assuré un peu de confort et soulagé ses inquiétudes. Elle laisse un petit pécule à notre neveu sous forme d'une assurance-vie établie de longue date, et c'est tout. Ce n'était pas « après moi le déluge », c'était une forme d'immaturité qui contredisait sa sagesse légendaire.

Les êtres ne sont pas d'un bloc. Les contradictions s'enchevêtrent en chacun de nous. Je déteste les biographies d'écrivains ou de penseurs qui veulent trouver un sens unique à leurs dires et traduire leurs actes en preuves irréfutables. Hélène était une adolescente grandie trop vite. Je ne l'avais pas compris. Je le constate par les objets qu'elle a accumulés, par les poupées russes et les peluches qu'elle collectionnait, par les photos de son père partout. Sa croissance s'était grippée au moment de la mort de papa et n'a jamais tout à fait repris. Sa vie sentimentale s'en est ressentie, de même sa vie sexuelle peut-être, mais nous n'en n'avons jamais parlé. Un tabou familial règne sur ces questions, on n'en parle pas, comme si ça n'existait pas.

J'ai dû choquer mes sœurs avec mes déclarations franches sur ma sexualité, le fossé entre nous est immense à ce sujet. J'imagine qu'Hélène avait du tempérament et ses compagnons successifs ne semblaient pas se plaindre. Mais elle gardait le silence sur l'humeur de sa féminité. Je n'ai jamais su quelle place elle donnait au sexe. Peut-être aucune ou secrète, très secrète, repliée dans le dédoublement entre sa personnalité communicative et son éducation slave. Elle était gourmande, c'est un indice. Les gens qui mangent aiment faire l'amour en général. Nous n'avons jamais abordé la question. Jamais. Pourtant je me suis prononcée publiquement, j'ai étudié ouvertement mes pulsions et mes refus. Je n'ai pas caché mon intérêt pour la signification des comportements sexuels, les miens et ceux de mes partenaires. On peut dire que le sexe a compté dans ma vie. Je ne sais rien d'elle à ce propos. J'imagine ses probables réticences, ses penchants et ses craintes. C'est effrayant, le sexe, qu'il soit heureux ou pas. On perd les rênes de soi-même, on se montre à découvert, on peut facilement être abusé ou pire on peut rester lucide et ne pas s'abandonner. J'opterais pour le sexe joyeux dans son cas, sans affirmation de dépendance ni d'indépendance. Elle aimait la vie, elle a dû aimer les hommes qui lui demandaient d'être femme, sincère et appétissante. Comme j'ai dit plus haut, ses formes rondes n'excluaient pas la grâce de ses gestes. Jolies mains, jolis bras, jolie nuque, jolie poitrine. C'est au-dessous de la taille que ça se gâtait, mais l'œil ne descend pas quand on est couchés. Elle plaisait. Elle était féminine. J'espère qu'elle en a profité, qu'elle a récolté les joies qu'elle méritait. Mais bouche cousue, elle emporte cette inconnue privée dans sa tombe. Je ne peux pas interroger ses amants, ils sont tous dans l'autre monde. Elle était traditionaliste : les hommes devaient être plus âgés qu'elle. Elle n'a pas renversé les règles, comme moi.

En vérité, elle poursuivait un rêve : rencontrer un homme aussi chevaleresque, aussi distingué, aussi beau dedans et dehors, aussi aimant que son père. Un modèle absolu, statue du commandeur planté dans son inconscient. Comment combattre un tel totem ? Où, dans nos pays méditerranéens, peut-on trouver un tel spécimen, un tel archétype ? Dans les pays nordiques, en Scandinavie, en Finlande, ils existent peut-être. Les princes fondateurs de la Russie, nos ancêtres, étaient des Vikings qui ont descendu les grands fleuves, la Volga, le Dniepr, le Dniestr avec leurs drakkars, longs bateaux perfectionnés, à la conquête des tribus païennes et nomades qui peuplaient la plaine de Kiev. Mon père avait le look d'un Suédois ou d'un Norvégien. La France n'a pas ce type à nous fournir. En ce qui me concerne, je l'ai vite compris, je me suis orientée vers les métèques en tous genres, orientaux, égyptiens, italiens, juifs viennois, polonais. Mes sœurs n'en démordaient pas. Elles avaient l'image de Wladimir notre père enracinée dans le cœur, il était le modèle, l'unique horizon.

Donc elles ont galéré, toutes les deux. Elles ont tracé leur vie amoureuse par défaut, à rebours de leur conviction intime. Aucun homme ne pourrait égaler notre père, et sans doute d'un certain côté j'ai eu de la chance de ne pas le connaître, je serais tombée dans la même addiction à un spectre : l'homme russe. Catherine II a écrit des pages croustillantes à ce propos. Elle ne cachait pas ses appétits et elle troussait voracement les jeunes Cadets que Potemkine recrutait pour les mettre dans le lit de l'Impératrice, connaissant son goût pour ces gaillards blonds et musclés.

Le critère masculin qui a obnubilé mes sœurs est autre : l'homme fiable, silencieux, discret, juste et modeste, dans un physique brumeux de héros de Tolstoï. Les muscles n'ont pas droit de cité, ils correspondent à la classe des gymnastes tant vantés par tous les régimes, par tous les gouvernements. Le ventre plat et les longues jambes de mon père le rangent dans la catégorie des mannequins photographiables, des acteurs comme Henry Fonda, James Stewart et Gary Cooper. Ils ne courent pas les rues. Ils risquent de devenir des gigolos, tant ils sont courtisés par des femmes et des hommes riches. La vie mondaine sous les tsars et leurs uniformes impériaux les éloignaient de ces dérives. L'Occident a instrumentalisé leur physique avantageux et les a immortalisés dans les grands films hollywoodiens. Ils sont vite repérés, ces hommes-là. Ils doivent en exciter plus d'une, pour qu'on les propulse en idoles cinématographiques. Mes sœurs ne perdaient pas espoir, mais le temps passait, le temps des amours s'enfuyait, le rêve persistait, mais le quotidien était le plus fort : elles étaient seules.

Est-on jamais autrement ? Quelle personne honnête peut dire qu'on n'est pas seul devant les grandes échéances de l'existence ? Seul face à la famille, seul face à la bagarre du travail, seul face à la maladie, seul face à la mort. On le sait. On ne peut compter sur rien ni personne. L'amour donne l'illusion qu'on est un et pas deux, mais ce n'est pas vrai, dans les épreuves individuelles on est tout seul.

Toute seule. Hélène était seule. Pas seulement dans le temps et dans la solitude de son appartement parisien. Elle était seule parce que je ne pouvais rien pour elle, j'étais en dehors, j'étais une autre personne, une autre chair détachée d'elle, même si elle était ma sœur et que j'aurais tout donné pour prendre sur moi une part de ses souffrances. Sa trajectoire n'était pas la mienne, ses heures égrenées n'avaient pas la même durée ni le même but que les miennes. Je passais la voir, puis je repartais, je reprenais le cours de ma propre journée, de mes propres préoccupations. Et pourtant nous étions proches, mais je ne pouvais pas transpercer cette distance entre nous, cette différence entre nos deux corps, elle souffrante et au bord de l'inéluctable, moi impuissante et spectatrice à côté d'elle. Les mots sont faibles dans ces circonstances, ils sont grossiers et imparfaits, l'épaisseur de l'air qui nous sépare est plus éloquente, plus dense.

Je me regarde dans la glace ce matin dans la même chemise de nuit en pilou que je nous avais achetée un Noël à toutes les trois, pour rire, pour être bien au chaud à La Mothe, dans les chambres hautes de plafond de mon manoir du Loiret, où nous passions les fêtes. Une évidence me frappe : je lui ressemble, plus qu'avant, j'ai pris un coup sur la tête avec tous ces événements, mais surtout j'ai vu sur elle comment je vieillirai, mes cheveux se mettent à se séparer en mèches irrégulières, comme les siens, mon teint se brouille et des rides se dessinent autour de ma bouche. Mes yeux sont plus clairs, comme les siens, mon port de tête s'affaisse, le cou est plus trapu. L'âge nous tasse et accentue les caractéristiques héréditaires. Ma mère, mes sœurs et moi vieillissons de la même manière, sans perdre le panache qu'on nous envie. Femmes slaves, femmes du Nord, dures à cuire, sveltes et autonomes. Ma mère peignait son plafond, debout sur une échelle quand elle est tombée, rupture d'anévrisme. Elle faisait ses courses tous les jours en traînant un Caddie et montait ses sept étages à pied quand son ascenseur était en panne, hélas souvent, dans son vieil immeuble mal entretenu. J'ai vu Hélène faire des mouvements de gymnastique quelques semaines avant qu'elle s'en aille.

Notre ressemblance me saisit, elle n'était pas si nette au cours de nos vies, dame Hélène était d'une autre génération, elle s'habillait très différemment de moi, toujours en jupes longues et colliers autour du cou. Je les déteste, je trouve qu'ils font « mémère du XVIe arrondissement », mais sur elle ils étaient harmonieux, elle en avait une collection de toutes les couleurs. Je lui en offrais, sûre de la ravir, comme certains vêtements hérités de mes tournages, des vestes larges et des manteaux élégants qu'on ne porte plus que dans les films. Les derniers temps, quand nous l'emmenions au restaurant près de chez elle, elle mettait ces vêtements et claironnait en riant : « Je suis habillée par Macha Méril. » Messages codés de paix et de rapprochement qui sont autant de signes d'adieu, tu vois, je porte ce que tu m'as donné, ce n'est pas mon style mais je m'en fous, la coquetterie compétitive n'est plus de mise, l'important à présent c'est la tendresse, l'union, l'abolition de toutes les mésententes, je suis ta sœur et rien d'autre, soyons ensemble et basta.

Entre sœurs, un bras de fer s'installe inexorablement : qui a le plus aimé les parents, et qui a été le plus aimée d'eux ? Casse-tête inextricable, source de bien des rancœurs. Tu étais la chou-

chou de papa, et toi, tu étais la préférée de maman. Moi, j'étais « la fille du milieu », celle qu'on ne regarde pas. Toi, tu étais fragile, on t'achetait du foie de veau et pas à nous. Moi, je sais ce que maman pensait de vous. Toi, tu lui en voulais de ne pas nous avoir appris le russe. Moi, je finançais ses vacances au bord de la Méditerranée qu'elle adorait. Moi, je l'accompagnais chez le médecin. Vous deux, les filles, vous l'avez abandonnée en déménageant dans un studio indépendant. Une litanie de reproches s'aligne... Ma mère, habile, nous fréquentait séparément pour que les jalousies n'éclatent pas. Sa relation avec chacune de nous était différente. Les voyages avec Hélène, la discipline et l'administration avec Élisabeth, l'actualité et la fantaisie avec moi. Dans toutes les familles, cette rivalité affective sévit.

Puis à la mort de ma mère, ce fut la bataille de la mémoire. Qui avait le mieux entendu ce qu'elle nous disait ? Qui a le mieux engrangé ses enseignements ? Qui l'honore de la meilleure façon ?

Les parents nous appartiennent, ils sont un morceau de nous, une pièce maîtresse de notre personnalité. On disait : « Avant d'épouser la fille, regarde la mère. » Ce phénomène de reproduction des attitudes est génétique, sans doute, mais pas seulement. Sur l'échelle darwinienne des générations successives, les jeunes copient les vieux pour mieux les dépasser, pour réaliser ce que les aînés n'ont pas réalisé. Je suis comédienne parce que ma mère, jeune et ravissante émigrée russe à Berlin, en rêvait. Ses retrouvailles avec mon père dans la tourmente de leurs errances à travers l'Europe et la famille qu'ils ont constituée contre vents et marées ont contredit ses aspirations. Son recueil de souvenirs publié à quatre-vingt-six ans a révélé son talent littéraire, mais nous savions toutes qu'elle était une conteuse hors pair. C'est à qui l'a comprise la première, à qui l'a soutenue et encouragée le plus, à qui a le mieux accompagné son succès (deux cent soixante-quinze mille exemplaires) ! J'ai été l'agent d'une partie de cette réussite, je l'ai présentée à Robert Laffont et à Bernard Pivot, et mon départ aux États-Unis à vingt ans, quittant sa maison et la laissant soudain seule, a provoqué l'écriture de son livre, à ma demande.

L'amour que nous prodiguent nos parents est un capital qu'on a du mal à partager entre sœurs. Hélène et Élisabeth ont été aimées par un père magnifique, je l'ai raconté plus haut, mais mon arrivée dix ans plus tard (il s'agissait de mettre au monde enfin un garçon...) a brouillé les cartes. Il fallait diviser cet amour entre une nouvelle venue pas tout à fait bienvenue et deux adolescentes en demande d'identité. Coup du sort, j'étais ce qu'on appelait un « bébé Cadum », j'avais gagné des compétitions de beaux bébés pour la marque de savons, il fallait m'aimer à toute force. On me voit dans les albums de photos, nue sur une peau de mouton, triomphante. Les voisins italiens se pâmaient. « *Che bel bambino, non sarà une principessa, sarà una regina !* » (Quelle belle enfant, elle ne sera pas une princesse, elle sera une reine !). Mes sœurs ingurgitaient l'intérêt qu'on me portait et se taisaient.

Puis j'ai commencé à parler et je les amusais, tandis qu'elles se relayaient pour me faire découvrir le monde. Leur monde, qu'elles avaient bâti pendant dix ans avec nos parents et dans lequel elles me guideraient.

Patatras, mon père est décédé et je suis devenue un électron libre, j'ai poussé entre les pierres de l'édifice familial chancelant comme la mauvaise herbe, vivace et imprévisible.

Après la disparition des parents, la concurrence demeure. Qui en garde le souvenir le plus juste, le plus gratifiant ? Qui détient la vérité, l'approche la plus objective, la dévotion la plus fervente ? Un concours Lépine de l'amour filial s'installe.

Fleurissent les dissensions, les interprétations. On les garde pour soi, chacune convaincue in petto de détenir le bon sentiment, la bonne vision. Laudative ou critique. Objective ou partiale.

Hélène était championne de partialité. Dans le catalogue des mérites, après notre mère qui cumulait toutes les qualités, je tiens une place spéciale. Les objections et désaccords passés, j'étais devenue une cause d'émerveillement surestimé. Macha sait tout faire, elle a du courage, elle ne vieillit pas, elle est sur la brèche, elle nous étonnera encore et encore.

Ces éloges sont apparus peu à peu, bien après sa retraite et la mienne. Si tant est que j'aie pris ma retraite. Je ne sais pas très bien ce que cela veut dire. On vous considère inapte au travail au moment où l'on est le plus compétent, où l'on déploie un savoir-faire peaufiné pendant des années. Je suis une bien meilleure actrice qu'avant, bien meilleure cuisinière, lectrice avisée, citoyenne rigoureuse et je crois une amie fidèle. Attributs de la maturité dont la société devrait profiter.

Avec le temps, l'univers d'Hélène nous encerclait progressivement, nous étions son climat préféré, elle m'accueillait avec une joie réelle chaque fois que j'allais la voir. Elle était fière de notre entente, cela lui suffisait, une réussite tout de même, peut-être la plus belle, après toutes ces années d'opposition et de controverses menaçantes.

Je ferme l'album qu'elle gardait à portée de main, elle le consultait à loisir. Des reproductions des œuvres de Grigori Gagarine le grand-oncle peintre, auteur des fresques de la plus grande église de Tbilissi, en Géorgie. Des photos de nos propriétés en Ukraine, de notre mère et de ses sœurs avant la révolution, des photos de nous à tous les âges, de notre neveu Michel étudiant, puis jeune marié, de sa fille Lisiko bébé, adolescente et jeune fille. Des coupures de journaux qui relatent mes succès cinématographiques, des portraits d'ancêtres tirés des musées de Moscou et de Saint-Pétersbourg. Mes dessins d'animaux de compagnie, des chats principalement. Une photocopie de son diplôme de danse moderne à Rabat, au Maroc. Un programme de l'Opéra dédicacé par Sylvie Guillem. Des photos d'inconnus, des camarades de travail, des élèves, des voisins de Normandie. Des photos de notre mère, en paréo sur une plage de Grèce. Des photos de moi, certaines couvertures de livres et mes cartes postales éditées pour les fans. Tout pêle-mêle, sans ordre chronologique ni hiérarchique. Tous à égalité dans le cœur d'Hélène, tous essentiels et présents, on n'oublie rien ni personne. Pas de légende, pas de commentaire. Un labyrinthe affectif sans priorité.

Elle avait la curiosité large, démocratique. Elle refusait de considérer sa vie comme un couloir donnant sur les portes cloisonnées d'un étage inférieur. Elle n'enviait pas les sphères élevées auxquelles j'accédais par mes activités, mon obligation à exister comme actrice et comme écrivain. Elle trouvait sa vie passionnante et riche. Je mesure combien les temps modernes lui donnent raison. Nous accédons tous à ce que le monde offre, si on le veut, si on ne redoute pas de briser les cages où la société voudrait nous enfermer : l'environnement du travail, la famille, les amours exclusives, les pays et les États qui nous grèvent d'impôts, les préjugés moraux et religieux, le chauvinisme régional, la publicité qui nous dirige et la mode qui prêche le changement perpétuel. Le goût de la liberté et la curiosité ont fait exploser tout ça, il suffit d'ouvrir les yeux et sa porte. L'humanité est étalée devant nous, Hélène y piochait ses amitiés sans discrimination ni crainte.

Une femme libre, en somme. Greffée sur un modèle antique et révolu. Nous venons d'un monde qui n'existe plus mais qui nous a laissé une colonne vertébrale à toute épreuve, une droiture qui peut paraître antipathique à certains, un style inimitable d'altitude dans la modestie.

Hélène était une ouvrière du cinéma, mais on ne lui parlait pas n'importe comment, il se dégageait d'elle une classe radieuse, sans affectation ni arrogance. Elle n'attendait pas de traitement particulier, elle maniait en douceur la distance entre elle et les autres. Son rire contribuait à cet effort. Elle le claquait au visage des réfractaires, arme fatale qui crevait les abcès, attention, on n'entre pas plus loin, chasse gardée, mon sang bleu en sentinelle.

Dans le paysage égalitaire d'un grand pays comme la France, notre différence était blâmée ou louée, à tour de rôle. On sait que les femmes russes sont spectaculaires, elles détiennent un pouvoir auquel plus d'un Français a succombé, et ce n'est pas fini. La plupart des mannequins sont russes, elles tranchent sur les autres par leur fraîcheur et leur impénétrabilité. Des lianes qui ont l'air de faire la gueule. Imprenables. Le charme russe.

Nous n'avions pas, mes sœurs et moi, les physiques filiformes des modèles de la mode, mais nous étions des beautés éclatantes que jalousaient les femmes françaises au profil en demi-teinte. Quand Hélène entrait dans une pièce, on ne pouvait pas ne pas la regarder. L'air s'écartait devant sa présence lumineuse. Ceci jusqu'aux derniers temps, quand ses cheveux blancs encadraient son visage souriant en une couronne ensoleillée. Hélène était apparue. Les conversations allaient tourner autour d'elle. On lui allouerait le meilleur siège, pas seulement à cause de son grand âge, mais parce qu'elle était un événement, un pôle dans la direction de laquelle tous se tournaient.

Ma sœur Élisabeth souffrait de sa position de deuxième, elle avait tant de choses à dire mais on ne les lui demandait pas, on écoutait Hélène qui jouissait de sa position d'une voix forte :

– Et toi, mon cher Jean, comment va ton cancer ?

Sa franchise parfois abrupte lui était pardonnée, car elle se rattrapait vite, elle demandait des nouvelles de toute la famille de l'interrogé, se souvenant du nom des enfants, des petits-enfants et même du chien. Puis le brouhaha des conversations reprenait, elle alpaguait la personne la plus proche de ses appareils auditifs et se mettait à écouter le récit de ses malheurs énumérés.

Je regarde tout cela aujourd'hui avec un œil de tendresse. Son corps diminué ne perdait pas de sa superbe, preuve que la force intérieure est la charpente d'un individu, que l'âge n'est qu'un léger bougé au cours des années, le caractère se confirme et s'amplifie, en se raffinant comme la pépite d'or émerge de la glaise par des lavages répétés. Le temps nettoie les personnalités des scories du présent, je milite pour la splendeur de la vieillesse qui dégage le diamant qui est en chacun de nous. J'aime les œuvres tardives et les phrases testamentaires des grands écrivains. Que d'hésitations et de tribulations il a fallu pour qu'une intelligence forge sa vérité ! Les vieux respirent un air plus rare que les jeunes, non gaspillé, distillé en souffle céleste, un avant-goût d'une altitude de commandements précieux. On a tort de ne pas les écouter dans une époque de jeunisme piloté par le matérialisme et la consommation.

Les vieux ne rapportent pas. Leurs besoins se réduisent. Ils ne font pas marcher l'économie. Ils ne comptent plus.

Mais ils parlent. Ils tardent à mourir, on les entend pendant longtemps. Vengeance de la ségrégation. J'adore écouter Alain Finkielkraut avec sa voix ferme et tremblante. Ses avis subtils chapeautent l'agressivité de ses intervieweurs. On ne se souvient que de lui, pas des aboiements de ses opposants. Parce qu'il est vieux, que sa parole est enracinée dans le temps et le perfectionnement de sa pensée. Il y a du désintéressement dans la vieillesse, moins de chauvinisme. Les mots ne sont pas utilisés à la légère.

Hélène avait atteint cette universalité. Avec ses mots pauvres de femme qui n'a pas fait de grandes études, mais frappés au coin du bon sens et de l'empathie. Je ne supporte pas qu'elle ne soit plus là pour m'éclairer, pour redresser mes opinions erronées, mes pertes de temps. Certaines angoisses sont superflues, il suffit d'une parole claire pour nous en débarrasser. Hélène savait faire cela. Tout à coup les craintes et les méfiances « tombent au sol comme de la paille mouillée », c'est l'expression qu'utilise Natalia Ginzburg dans *L'Intervista*, une pièce italienne sur les haines qui s'émoussent avec le temps que je n'ai jamais réussi à monter.

La force des mots. Des eurêkas en chaîne qui nous aident à avancer. Qui dénouent des malentendus et des hostilités. Nous avons de nombreux diplomates dans la famille. N'est-ce pas l'art d'analyser les conflits et de trouver les mots pour les retourner, les aplanir ? Pas comme les avocats qui pourchassent un résultat, une relaxe pour leurs clients. Non, les mots justes face à l'histoire qui aspirent à l'apaisement et à la cohabitation entre des adversaires jurés depuis des décennies. Autrement plus noble. Travail de l'ombre. Les diplomates ne sont jamais des stars. Ils œuvrent avec délicatesse au profit d'un pays, d'un chef d'État, d'une éthique. Ils côtoient des crapules et des personnages louches auxquels ils parlent sans se laisser influencer, imperméables à toute tentative de corruption. Du moins selon la tradition que pratiquaient les membres de ma famille. Mon oncle Michel, ambassadeur de l'empereur pendant vingt ans après la chute de la monarchie, entretenait à Rome sur ses propres deniers l'ambassade et son personnel. Puis sa fortune s'est épuisée et il a rendu les armes. N'oublions pas que la France a reconnu l'Union soviétique le 28 octobre 1924, plusieurs années après la révolution. Les « Russes blancs », comme on les appelaient improprement, étaient éparpillés à travers les pays qui les accueillaient, de bon et de mauvais gré. Certains (les Cosaques dont j'ai parlé dans mon roman *Vania, Vassia et la fille de Vassia*) croyaient que le communisme ne prendrait pas et espéraient retourner en Russie, assis sur leurs valises. Ceux-là n'apprenaient pas le français, mangeaient russe, chantaient russe, broyaient du noir à la russe et se réfugiaient dans les ambassades survivantes comme celle de mon oncle.

La loyauté et la probité ne sont pas l'apanage de l'aristocratie seule, mais ces principes gouvernaient notre éducation. Ces règles n'émanaient pas que de l'orthodoxie régnant depuis des siècles, mais d'une exigence sociale et héréditaire de montrer l'exemple aux serfs, les « âmes » dont les seigneurs étaient propriétaires. Cette distribution des rôles était profondément ancrée dans le peuple russe, ses réminiscences peuvent expliquer la toute-puissance des dirigeants actuels, des oligarques et de leur clique. On s'en remet au chef, à celui qui sait et qui protège.

Ma mère me racontait qu'un koulak avait fait un procès à mon grand-père parce qu'il ne l'avait pas laissé baiser sa main un jour de Noël, lors de la visite des paysans au château. Elle en riait et son père sans doute aussi, ces coutumes archaïques ulcéraient cet homme lettré qui recevait tous les matins le *Frankfurter Allgemeine Zeitung*, *Le Monde* et le *Manchester Guardian*. Tous les Russes n'étaient pas des sauvages sanguinaires, l'Europe des Lumières existait bel et bien, dans une élite minoritaire, il est vrai.

La mort n'est pas discrète. Elle entre dans nos vies avec fracas, elle s'ébroue dans nos consciences sans ménagement. Elle est un personnage principal qui réclame sa place, alors qu'on la négligeait. Elle nous guettait de haut et soudain elle fait irruption dans notre mental, elle s'installe dans nos pensées, elle n'est pas près de déguerpir. Demain nous célébrons le quarantième jour, un office important pour les orthodoxes. L'âme du défunt s'élève au-dessus du corps et rejoint un espace réservé que les catholiques nomment le paradis, mais qui reste plus vague pour les Russes, indéfinissable. Hélène va rejoindre nos autres morts, et la paix éternelle.

« *Viechnaia Pamiat.* » C'est le chant qui conclut cette messe. On dit au revoir au défunt définitivement. On peut répéter cette *panihida* (office du souvenir) l'année suivante, à la date anniversaire du décès. Puis il ne reste plus que la tombe au cimetière pour se recueillir.

Je suis faiblement croyante, pourtant je ne suis plus la même personne qu'il y a quarante jours. Hélène a occupé mes songes et mes veilles. Ces pages sont emplies de sa forte présence, de ma douleur et de mon questionnement. Qui suis-je aujourd'hui sans elle ? Quelles tâches m'incombent auprès du reste de la famille ? Suis-je et serai-je « elle », suis-je promue à une fonction invisible et non officielle mais incontournable : la représenter pour toujours et garder sa place dans l'organigramme de la famille ? Je ne me défilerai pas. C'est ça être sœur. Je le comprends pleinement seulement maintenant. Ce qui semblait acquis et secondaire prend une place centrale. Je suis la sœur d'Hélène, sa servante, sa biographe, sa disciple. Je parlerai d'elle. Je la rendrai éternelle, comme Marguerite Duras évoquait la femme du consul. Lol V. Stein. Sauf que mon fantôme n'est pas une mystérieuse étrangère, elle est ma sœur, avec laquelle j'ai vécu toute ma vie.

Je redirai la brillance de son esprit, la témérité dans ses luttes existentielles, et ses pudeurs féminines. Étrangement le plus souvent je la revois jeune, et non telle qu'elle était devenue sous le poids de l'âge et de la maladie. Chassés-croisés de la mémoire qui navigue librement. Le bilan d'une vie en quelques apparitions, sélectionnées arbitrairement, on ne sait pas pourquoi dans cet ordre, avec cette fréquence. La mort aiguise la mémoire et notre envie de revivre ces évocations du passé. On voit l'autre et jamais soi-même, impossible de renverser le miroir, on est derrière la caméra, on ne voit que ce que l'œil voit, cent quatre-vingts degrés et pas un de plus. L'autre moitié derrière nous demeure la part sombre au-delà d'un équateur mental. Elle est au centre de l'écran, je suis focalisée sur elle, j'essaye de percevoir ce que j'avais survolé, effacé. Mon attention est en cause : pourquoi ces images et pas d'autres ? Elles affluent dans mon inconscient junguien, dans un désordre qui me déstabilise.

Qu'avais-je retenu, enregistré de ce film discontinu et infidèle qui défile pendant mes nuits ? Des vérités ou des remords ? Des révélations ou des rêves ?

Une valise remplie de bobines de film. Hélène emporte en Belgique pour ses élèves des séquences du film qu'elle est en train de monter. Elle n'a pas vraiment le droit de sortir ces pellicules de la salle de montage où elle travaille. Le matériel appartient au producteur, il pourrait l'accuser de vol et de « détérioration de bien d'autrui ». Elle opère discrètement, ses assistantes sont de mèche et ne la dénonceront pas. Elle a choisi une séquence de bagarre, les plus délicates à monter, en sélectionnant chaque bobineau avec ses gants de coton blanc, obligatoires quand on manipule de la pellicule. Elle est allègre, ils vont être contents, elle leur fait une surprise, un beau cadeau. Les professeurs des écoles de cinéma restent souvent théoriques, elle va faire entrer ses élèves dans la vie réelle du cinéma, dans le travail concret auquel ils seront confrontés. Elle jubile d'avance. La maigre paye que lui procurent ces cours est compensée par une grande joie : montrer de l'intérieur sa passion professionnelle.

– Et qui va porter tout ça ? lui demande son assistante son.

– Moi. J'ai encore de bons muscles.

Elle avait cinquante ans, elle conduisait sa petite Simca avec délice, elle adorait le sentiment d'indépendance et de liberté que lui fournissaient ces voyages entre Paris et Bruxelles, entre Paris et Bernay pour aller dans sa maison de Normandie, toujours chargée de pots et d'instruments de jardinage achetés au sous-sol du BHV.

Je m'aperçois que je fais la même chose. Je descends dans le Gers en voiture, le coffre plein moi aussi. Sept heures de route, c'est plus loin, mais j'adore ces temps arrachés au temps, mon tonneau de Diogène où je réfléchis, je téléphone, je médite. Je suis comme elle, j'organise volontiers ma solitude que je considère comme un avantage et non une punition. Le parfum de la steppe nous unit, Hélène et moi. Partir, parcourir des kilomètres, s'échapper, regarder défiler les prés et les forêts par la vitre, en écoutant France Musique ou Radio Classique. C'est encore possible dans ce pays béni qu'est la France, les autoroutes ont remplacé les nationales, je les évite quelquefois pour mieux voir les villages, les rivières, les champs de colza aux fleurs jaunes, les arbres et les couleurs de vaches qui varient du nord au sud. Un nomadisme atavique et confortable, on sait où l'on va dormir, on n'aura pas à monter une yourte dans la toundra. Mais on bouge, on décampe, obéissant à une fuite russe qui nous pousse ailleurs, délibérément, une décision personnelle et impérieuse.

Nous avons fêté ses quatre-vingt-quinze ans chez moi, en grande pompe. Je lui avais fait la surprise d'inviter ses amies proches, toutes n'habitent pas Paris, une organisation minutieuse. Un ami a filmé les scènes à l'arrivée de chacune, Hélène était profondément émue, elle en pleurait. Elle nous a véritablement fait ses adieux ce week-end-là. Elle marchait encore plus ou moins, elle faisait quelques pas dans le parc, bras dessus bras dessous, avec l'une ou l'autre, privilégiant les tête-à-tête comme toujours. Aux repas, nous étions une vingtaine autour de la table, elle regardait avec fierté combien elle était aimée. Par la suite elle le redisait fréquemment :

– Tu vois, je n'ai pas réussi ma vie sentimentale, mais j'ai des amis. Beaucoup d'amis.

On avait du plaisir à la fêter car elle appréciait chaque petit cadeau, chaque attention. Elle se plaignait de ne pas nous voir aussi bien qu'avant avec sa dégénérescence maculaire, et d'une pirouette affirmait :

– Comme ça, je ne vous vois pas vieillir !

La voix ne subit pas d'altération avec le temps, et je me souviens de ce que disait Philippe Bouvard à propos de l'extraordinaire longévité (trente-trois ans) de son émission *Les Grosses Têtes* :

– À la radio on dure davantage. La voix ne vieillit pas, tandis qu'à la télévision on a vite l'air tapé !

Hélène nous semblait indestructible, on ne voulait pas tenir compte de ses pathologies, de ses soins oppressants. Le cœur, les reins, la circulation, les intestins, les bronches, tout marchait de travers. Elle se soignait, elle supportait tout. Elle n'avait aucune intention de partir. En tout cas, elle n'en parlait pas.

Les vieux ne se ressemblent pas tous. Pas plus que les jeunes. Les Ehpad sont des prisons puisqu'on doit appliquer les mêmes règles à tous. Un établissement collectif s'appuie sur un dénominateur commun : la faiblesse des résidents. Hélène n'était pas faible, elle était bridée par ses insuffisances physiques, mais elle a fait une crise de rage quand Élisabeth a malencontreusement suggéré qu'elle déménage dans un Ehpad. Il n'en était pas question. Plutôt morte.

Grâce à cette opiniâtreté, elle a vécu chez elle jusqu'au bout. Il y avait des inconvénients. La nuit elle ne pouvait appeler personne. Mais elle était habituée à ses nuits solitaires, elle n'était pas du genre à continuellement se reposer sur les autres. Chaque jour était un combat, parvenir au bout, attendre un répit, une bonne nouvelle, une visite chaleureuse. La vie ne cesse pas d'être intéressante. Ce n'est pas vivre pour vivre, c'est ne pas rater tout ce qui se passe, les remous du monde et les évolutions.

Altruiste, Hélène ? Pas exactement. Curieuse plutôt. Avide d'informations et d'expériences. Les travaux dans sa rue observés par sa fenêtre l'intriguaient et la rendaient perplexe. Où va Paris, où vont les gens, que veulent-ils, que nous prépare-t-on ? À l'aune de ses difficultés motrices, elle s'étonnait du développement du cyclisme urbain, un danger pour elle naturellement. Le brassage des populations en bas de son immeuble l'inquiétait mais ne la choquait pas. Le monde change, il faut héberger toutes ces personnes, elle voyait la couleur du personnel des hôpitaux et des chauffeurs de taxi. Elle avait une préférence pour les Marocains, à cause de ses années de jeunesse, elle ne manquait pas de leur faire parler de leurs bleds et des splendeurs du Maroc. Elle avait de longues conversations avec son aide ménagère kabyle, sœur aînée d'une fratrie de huit filles, un drame pour un père algérien. Elle avait entrepris de lui faire écouter de la bonne musique, de lui apprendre à ne pas trop cuire les viandes et les poissons. Cette jeune femme l'adorait. Elle sanglotait aux obsèques, sincèrement éprouvée.

– Hélène, c'est moi. Tu m'entends ?

Elle est tombée de son lit, s'est endormie brutalement après un cachet de morphine. Elle se relève lentement, je l'aide à se redresser, elle s'accroche à moi. Elle est lourde, je n'arrive pas à la soulever. Sa femme de ménage vient m'aider.

– Madame Hélène est tombée la nuit dernière aussi.

Son bracelet anti-chute ne s'est pas actionné. Elle a glissé en bas du lit, l'alarme ne fonctionne que si elle tombe, le choc met en marche le système.

– Donc ça ne sert à rien ce truc, dis-je avec mauvaise humeur.

L'inquiétude rend de mauvaise humeur.

Hélène se reprend, sa chute ne semble pas la perturber.

– C'est drôle, je ne me suis aperçue de rien. C'est bizarre !

Ce n'était pas arrivé jusqu'ici. Combien de temps est-elle restée au pied de son lit, inconsciente ?

– Tu sais, j'ai dormi sur le tapis, j'étais bien, je ne me suis rendu compte de rien.

– Tu n'as pas eu froid ?

– Non, la couverture est tombée avec moi, je me suis enroulée dedans.

Ne pas perdre la face. Ne pas paniquer ni pleurnicher. L'orgueil des Gagarine. Elle vit avec elle-même depuis si longtemps qu'elle connaît le mode d'emploi, cette chute est un accident, une péripétie, elle va se reprendre en main.

Ce jour-là j'ai su que c'était la fin. J'ai pensé qu'elle nous cachait les incidents qui émaillaient ses journées et ses nuits. Elle est tombée dans le couloir, elle s'est blessée et saignait abondamment à cause des anticoagulants. Elle a minimisé l'affaire, n'a appelé personne. C'était au milieu de la nuit, elle a eu la pudeur de ne pas vouloir déranger son entourage, elle a vécu seule souvent, elle ne va pas crier au loup maintenant. Mais la situation est nouvelle : elle marche avec difficulté et sa vue incertaine ne la guide plus convenablement, elle se cogne contre les meubles et les chambranles. Sa dignité la conforte : elle se sort d'affaire chaque fois, les coins de table et les tapis soulevés n'auront pas raison d'elle.

– Hélène, cette descente de lit est dangereuse, tu te prends les pieds dedans, je vais l'enlever.

Elle ne proteste pas, elle enregistre ces précautions comme des gestes d'amour et de prudence. Elle ne discute pas. Sa chambre est devenue un capharnaüm de tables roulantes couvertes de boîtes de médicaments, de rouleaux de bandages et de compresses de toutes tailles, de plateaux de petit déjeuner non consommé, de radios à même le lit et de châles empilés. Peu importe puisqu'elle ne voit plus, elle repère les objets au toucher, ses doigts fins malgré l'arthrose furètent comme la truffe d'un chien de chasse. Elle trouve, elle se débrouille, elle ne cède pas, cette détection est son dernier challenge, elle n'est pas impotente. Je l'admire. Sa résistance est admirable. La vie palpite en elle avec obstination. Elle est partie étonnée. Elle n'avait pas programmé son départ. L'extinction des feux. Le feu brûle encore en elle, elle est avec nous.

– Il fait chaud aujourd'hui, tu as mis une robe légère. Ce sont celles de ton marchand d'Eauze ?

Mohammed, marchand ambulant du marché de la bourgade de mon coin, me vend de géniales robes longues italiennes à vingt euros que j'arbore tout l'été. J'en ai offert plusieurs à Hélène, elle les porte quand elle veut nous montrer qu'elle va mieux. Pour corriger l'impression qu'elle m'a donnée affalée en bas de son lit, elle propose d'en mettre une. La noir et jaune, avec les grandes fleurs.

– Je t'aide à l'enfiler. Tu as maigri, c'est bien pour ton cœur.

– Regarde, dit-elle fièrement, mes jambes ont diminué de moitié.

Ses grosses jambes ont été l'obsession de sa vie. Elle avait renoncé à tous les régimes depuis des années, et voilà que la vieillesse lui accorde ce bienfait : retrouver une ligne inespérée.

– Ne maigris pas trop quand même. Je t'ai apporté du confit. Tu as faim ?

Elle n'a sûrement pas faim, mais elle ne me le dit pas. Elle a dormi jusqu'à midi, quand je l'ai réveillée. Elle aurait peut-être dormi encore des heures. Le temps du déjeuner n'est plus qu'affectif, pour le partager avec moi.

Je m'affaire en cuisine. Elle fait une longue étape dans la salle de bains. Tout est compliqué, ralenti. Je calcule dans combien de temps nous mangerons, pour ne pas brûler les cuisses de canard. Elle en avalera quelques morceaux, lentement, mais elle fera un commentaire gustatif élogieux, j'en suis persuadée. Une façon à elle de me remercier, de ne pas laisser passer ce moment, nos gourmandises associées.

– Je te mets un peu de ma confiture de prunes sauvages à côté, ça va bien ensemble.

Elle déguste ces nourritures comme des madeleines proustiennes, pour se souvenir, pour se remémorer encore une fois toutes les occasions où nous les avons savourées ensemble, ces riches aliments savamment choisis, aux fêtes, à Noël, à Pâques. Ce ne sont pas des mets d'été, on est en plein mois d'août, mais elle n'en est plus là, les saisons se compriment, son palais fait des bonds de mémoire dans le temps, chaque bouchée en évoque d'autres, plus anciennes, un résumé de sensations et de fêtes passées. La cuisine est un langage, je vais un jour écrire là-dessus, on envoie des messages codés aux papilles, aussi variés que ciblés.

Nous mangeons en silence. Je lui sers du vin rouge, un Pellehaut fruité qu'elle aime. Il se nomme « Les Marcottes ».

– Ce sont les vignes qui poussent en bas de chez toi ?

Elle se souvient de cela. Elle passe en revue ce qui la relie à moi, à nos souvenirs du Gers, une maison qui est un peu la sienne, nous l'avons trouvée ensemble, un mois d'octobre pluvieux. Elle a senti le potentiel de cette colline en même temps que moi.

Le soleil brille dehors, derrière les stores baissés. Nous vivons ce passage du temps en silence, Hélène et moi. Sa concentration me dit au revoir, Macha ma chérie, ma petite sœur, j'emporte ces dernières bouchées dans un monde différent où l'on n'a pas besoin de se nourrir, je me dépêche de jouir de ce que je mets dans ma bouche fatiguée, de ce que tu as choisi pour moi avec affection, tu connais mes goûts et ce qui nous a unies tout au long des nombreux repas que nous avons pris ensemble, chaque plat est un acte d'amour et un petit caillou posé sur le chemin parcouru, bientôt je poserai le dernier, tu n'auras plus qu'à les ramasser, un à un, qu'à me rejoindre, on ne se quitte pas, c'est momentané, ne pleure pas, je ne vais pas loin, je ne souffre plus, je suis comme avant, quand tu auras besoin de moi je serai là, n'aie pas peur, on se retrouvera, on sera ensemble, le ciel est grand, je t'attends.

Je marche vers elle.

DE LA MÊME AUTEURE

Journal d'une femme mariée, Denoël, 1965.
La Star, Grasset, 1982.
Joyeuses Pâtes !, 1986.
Moi j'en riz !, Robert Laffont, 1996.
J'aime pas, Le cherche midi, 1997.
Haricots-ci haricots-là, Robert Laffont, 1999.
Love Baba, Albin Michel, 2000.
Patati patata, trois petits tours et puis ça va (billets d'humeur), Albin Michel, 2001.
Biographie d'un sexe ordinaire, Albin Michel, 2003.
Si je vous disais, Albin Michel, 2004.
Les Mots des hommes, Albin Michel, 2004.
Ce soir, c'est ta fête, Albin Michel, 2006.
Sur les pas de Colette (avec Philippe Lorin), Presses de la Renaissance, 2007.
Un jour, je suis morte, Albin Michel, 2008.
Ricochets, Actes Sud, 2009.
Jury, Albin Michel, 2011.
C'est prêt dans un quart d'heure !, Robert Laffont, 2011.

L'Esprit au féminin (avec Christian Moncelet), Le cherche midi, 2012.
Ce qu'il voulait, Albin Michel, 2012.
En tête à tête avec Colette (avec Philippe Lorin), Gründ, 2012.
L'Amour dans tous ses états, Flammarion, 2014.
Arithmétique de la chair, Flammarion, 2016.
Michel et moi, Albin Michel, 2017.
Vania, Vassia et la fille de Vassia, Liana Levi, 2021.
L'Homme de Naples, L'Archipel, 2022.
La Grille du palazzetto, L'Archipel, 2023.

Composition IGS-CP
Impression CPI Bussière en février 2026
Éditions Albin Michel
22, rue Huyghens, 75014 Paris
www.albin-michel.fr
ISBN : 978-2-226-50970-3
N° d'édition : 28092/01 – N° d'impression : 2089295
Dépôt légal : mars 2026
Imprimé en France